ハヤカワ文庫JA
〈JA1439〉

グイン・サーガ⑭⑦

闇中（あんちゅう）の星

五代ゆう
天狼プロダクション監修

早川書房
8538

A STAR IN THE STARLESS SKY
by
Yu Godai
under the supervision
of
Tenro Production
2020

カバーイラスト／丹野 忍

目次

本書は書き下ろし作品です。

今や獅子の玉座の足もとには罅割れ（ひび）が走り
〈災いを呼ぶ男〉は玉座にあって玉座になく
中原の宝石には輝きが失われた。
光をもたらすものは誰か。
闇中に光をもたらすものはなにものか。

——名もなき吟遊詩人

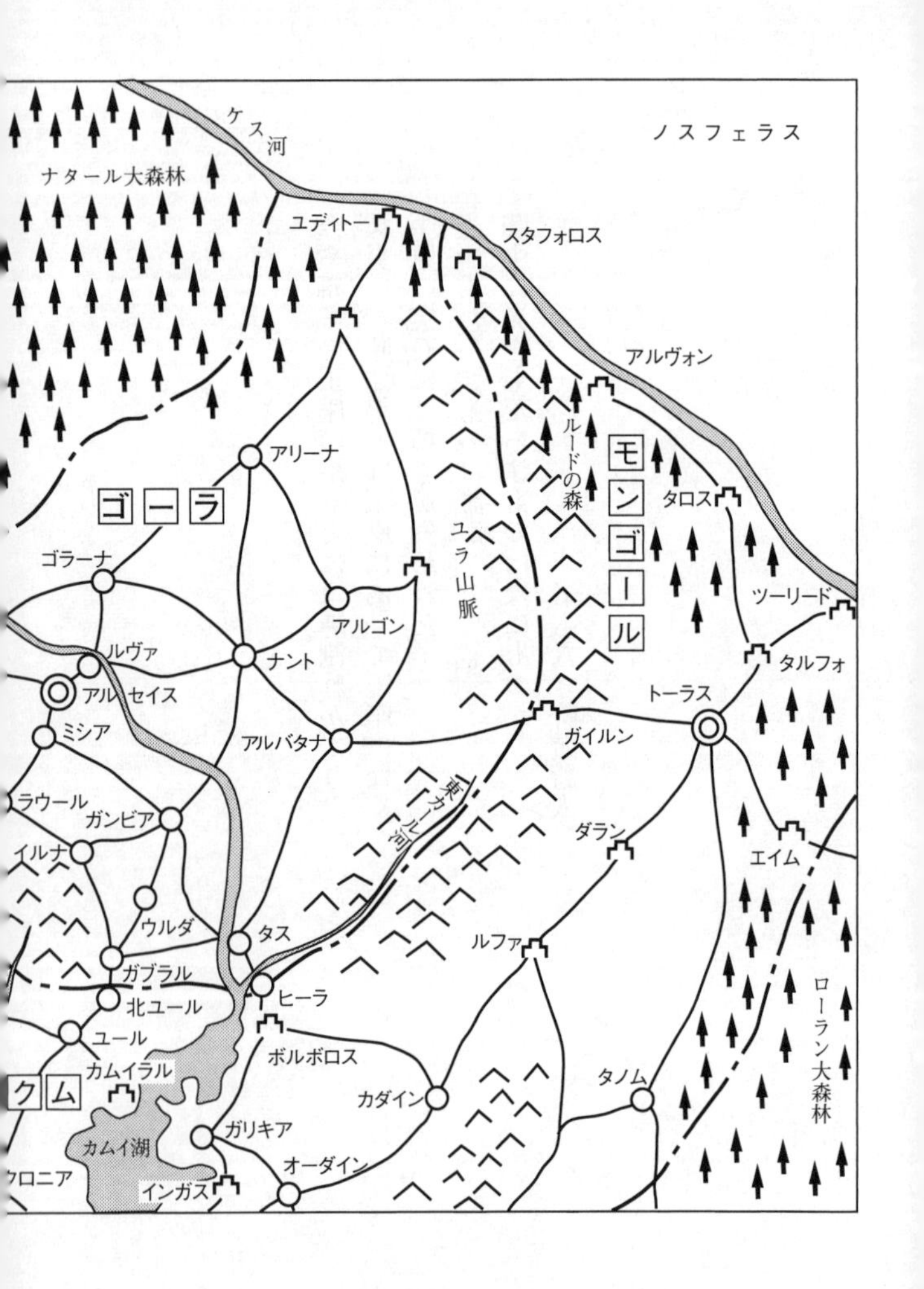

ケス河
ノスフェラス
ナタール大森林
ユディトー
スタフォロス
アルヴォン
ルードの森
アリーナ
モンゴール
ゴーラ
タロス
ユラ山脈
ゴラーナ
ツーリード
アルゴン
ルヴァ
ナント
タルフォ
アルセイス
トーラス
ミシア
アルバタナ
ガイルン
東カール河
ラウール
ガンビア
ダラン
イルナ
エイム
ウルダ
タス
ルファ
ガブラル
ヒーラ
北ユール
ローラン大森林
ユール
ボルボロス
カムイラル
クム
タノム
カダイン
ガリキア
カムイ湖
オーダイン
クロニア
インガス

〔中原拡大図〕

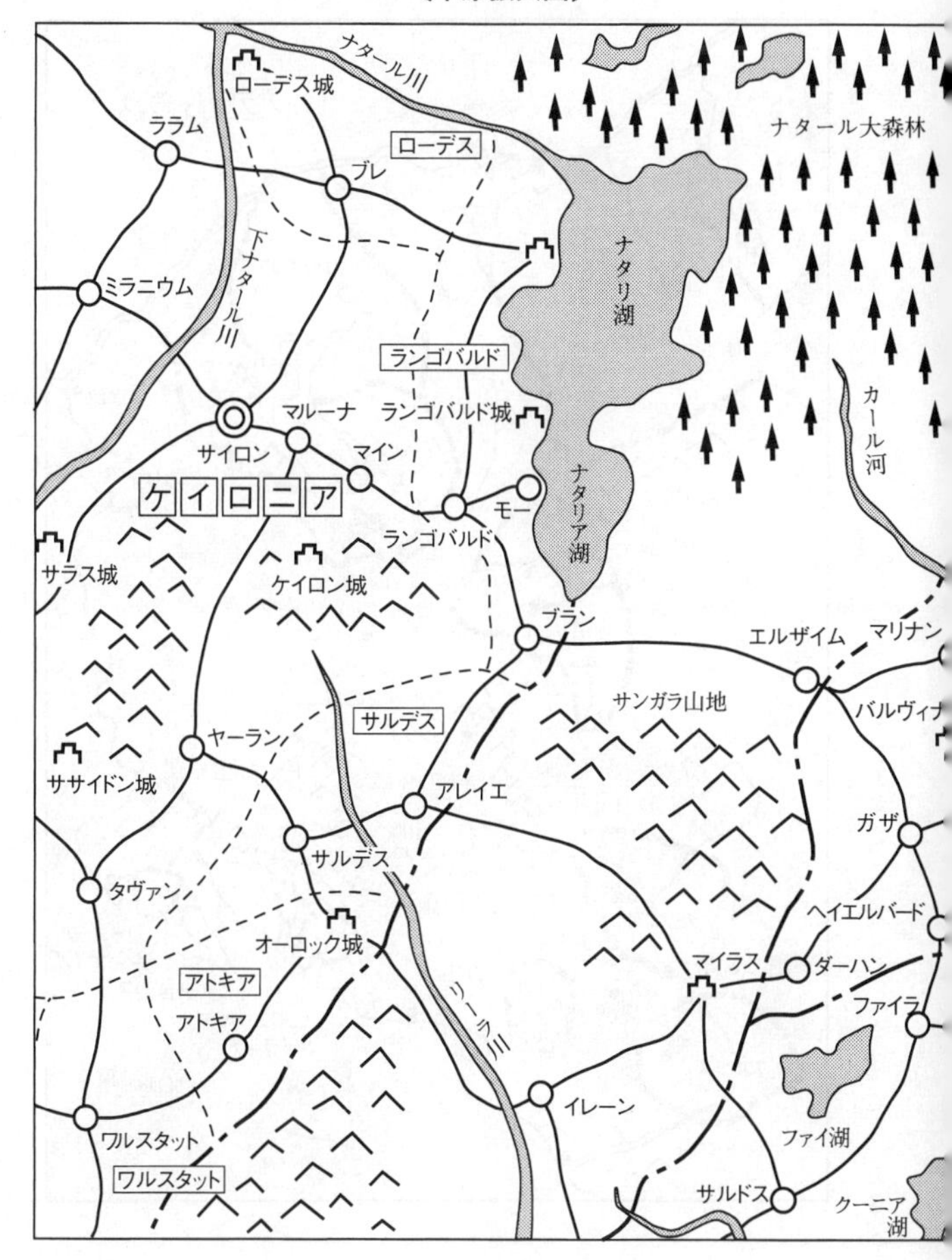

ナタール川
ローデス城
ララム
ローデス
ブレ
ナタール大森林
ナタリ湖
ミラニウム
下ナタール川
ランゴバルド
ランゴバルド城
マルーナ
カール河
サイロン
マイン
ケイロニア
モー
ナタリア湖
ランゴバルド
サラス城
ケイロン城
ブラン
エルザイム
マリナン
サンガラ山地
バルヴィナ
サルデス
ヤーラン
ササイドン城
アレイエ
ガザ
サルデス
タヴァン
ヘイエルバード
オーロック城
マイラス
ダーハン
アトキア
ファイラ
アトキア
リーラ川
イレーン
ファイ湖
ワルスタット
ワルスタット
サルドス
クーニア湖

〔中原周辺図〕

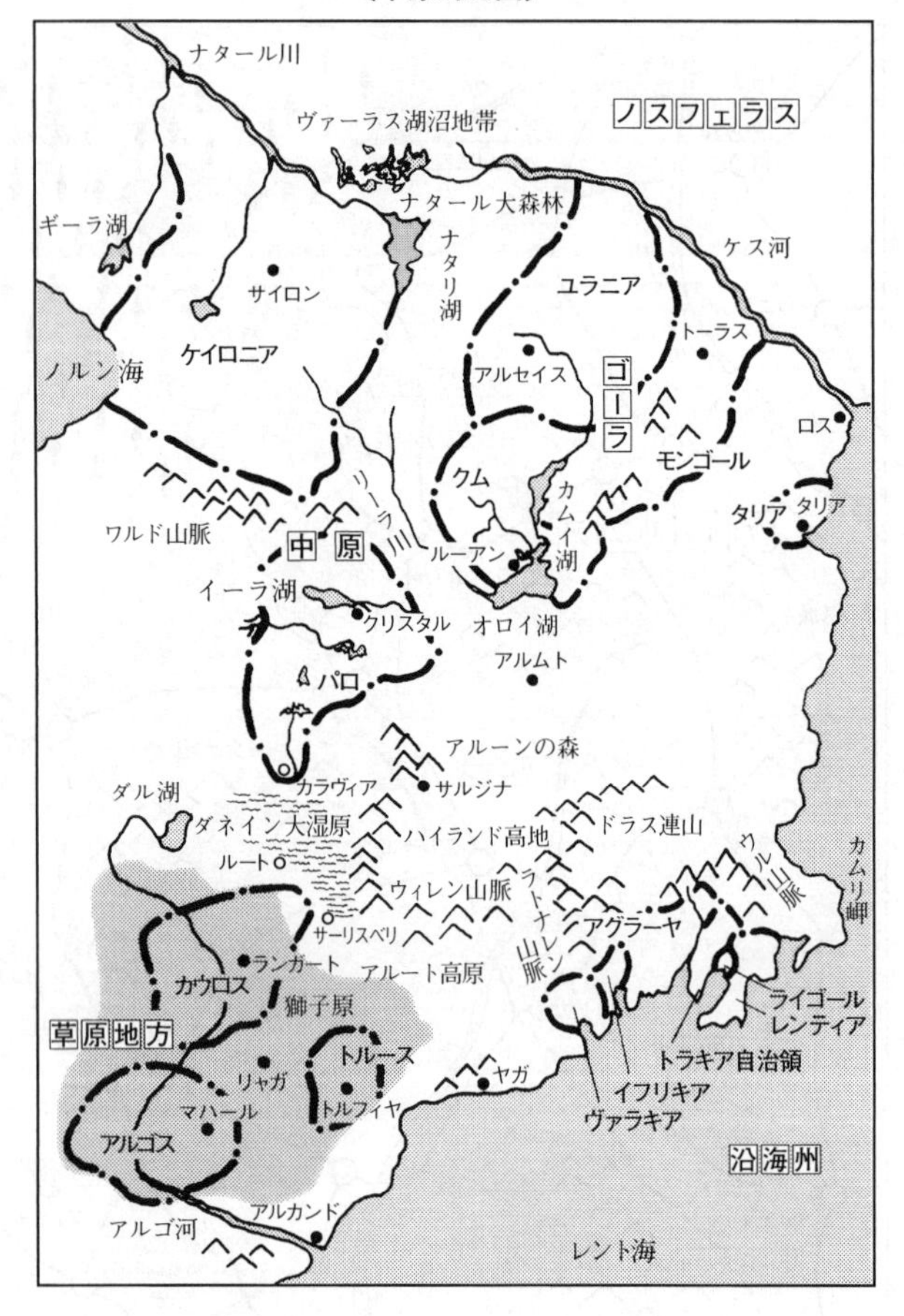
ナタール川
ヴァーラス湖沼地帯
ノスフェラス
ナタール大森林
ギーラ湖
ナタリ湖
ケス河
サイロン
ユラニア
トーラス
ケイロニア
アルセイス
ゴーラ
ノルン海
ロス
クム
モンゴール
リーラ川
カムイ湖
タリア
タリア
ワルド山脈
中原
ルーアン
イーラ湖
クリスタル
オロイ湖
アルムト
パロ
アルーンの森
カラヴィア
サルジナ
ダル湖
ダネイン大湿原
ドラス連山
ハイランド高地
ルート
ウル山脈
カムリ岬
ウィレン山脈
ラトナレン山脈
アグラーヤ
サーリスベリ
ランガート
アルート高原
カウロス
獅子原
ライゴール
レンティア
草原地方
トルース
トラキア自治領
リャガ
ヤガ
イフリキア
マハール
トルフィヤ
ヴァラキア
アルゴス
沿海州
アルカンド
アルゴ河
レント海

闇中の星

登場人物

グイン……………………………………ケイロニア王
ヴァレリウス…………………………パロの宰相
ハゾス……………………………………ケイロニアの宰相
アウロラ…………………………………沿海州レンティアの王女
アストリアス…………………………〈風の騎士〉
ハラス……………………………………元モンゴール騎士
アリオン…………………………………元モンゴール黒騎士団司令官
オル・ファン…………………………旧ユラニアゆかりの商人
アリサ・フェルドリック……………元モンゴール白騎士隊隊長の娘
スカール…………………………………アルゴスの黒太子
ブラン……………………………………ドライドン騎士団副団長
ロータス・トレヴァーン……………ヴァラキア大公
ボルゴ・ヴァレン……………………アグラーヤ王。アルミナの父
ザザ………………………………………黄昏の国の女王
ウーラ……………………………………ノスフェラスの狼王
フロリー…………………………………アムネリスの元侍女
スーティ…………………………………フロリーの息子
パリス……………………………………元シルヴィア付きの下男
ユリウス…………………………………淫魔
グラチウス……………………………魔道師
カル・ハン……………………………魔道師
イシュトヴァーン……………………ゴーラ王
アルド・ナリス………………………神聖パロ王国初代聖王

第一話　カル・ハンの手

1

クリスタルの上に陽がのぼった。

かつては夜も明ける前から街路を人々が往来し、下町では店を開ける準備をするものや屋台をひくものたちが忙しげにゆきかい、朝の早いおかみさんたちが洗濯かごを小脇に抱えて急ぎ足に公共の水場へむかっていただろう。身分の高い貴族たちは夜っぴての舞踏会やサロンから戻る途中で馬車の中で眠りこみ、馬のひづめが美しく敷かれた石畳の上を鳴らしてからからと通りすぎていったろう。さしそめる陽光の下で、三千年の都クリスタルはのびをする美しい猫のように目を覚まし、日々の活動へと向かい始めていったことだろう。

だがいま、そうした動きは見受けられない。さざ波のように陽を受けてきらめいていた邸宅は静まりかえり、塔の都の名を取るいくつもの尖塔は倒れたままである。都人たちが憩っていた広場の噴水は破壊されて枯れ、見る影もない。華やかな商品やいきのいい魚、新鮮な花や果物をならべていた商店街は空っぽになり、人々が住んでいた下町の家々は壁が崩れ、扉がはずれて人の影もない。かつての美しかったクリスタルが残骸と化した中で、クリスタル・パレスだけが以前の美をそこねることもなく、白く優雅にきらめいている。それは襤褸と化した絹の衣に留められた、贅を尽くしたブローチのようでどこかもの悲しささえ感じさせる光景だった。

「タラミアは俺の馬のそばにつけ」

グインは手を上げて差しまねいた。頭からかぶったマントが揺れる。

「幼い子らは分かれて馬にのれ。大きい子供らは歩いてもらうしかないが、できるだけゆっくり歩くとしよう。ルカス、カリス、アウロラ、子供が鞍から落ちないように気をつけてやってくれ。どれほど離れれば銀騎士の行動範囲から抜けられるかはわからんが——」

「ほんとに、俺たちのこと連れてってくれるつもりなのかい、王様？」

タラミアが心配そうにグインの袖を引っぱった。クリスタルの街はずれである。子供らはそれぞれにねぐらから持ち出してきた荷物や食料、水を背負い、おびえたような顔で周囲に寄り集まっている。カリス、ルカス、アウロラの三人は、まつわりつく子供に囲まれながら、服をととのえてやったり、荷物を肩にかけてやったりと忙しくしていた。

「あんたたち、国へ帰らなきゃいけないんだろ。こんな子供の集団ぞろぞろ連れてって、ほんとに邪魔にならないのかい」

「いったん関わりあった以上、置いていくわけにもいかん」

きっぱりとグインは言った。

「おまえたちのような子供ばかりを、危険な竜頭兵や銀騎士が徘徊する都に置いておくことは戦士の名がすたる。むしろこれまでよく生き抜いてきたというものだ。おまえたちをひとまず、安全なところへ連れていって預けるまでは安心できん」

「心配するな、タラミア」

カリスが横から口をはさんだ。

「陛下は弱い者をお見捨てになる方ではない。お前たちを守ってクリスタルを出るのは、騎士の務めというものだ。お前たちは何も気にせず、ついてくればよい」

「でも……」

タラミアはふりかえって、クリスタルの町を見つめた。小さい肩が心なしか落ちて、細い背中がいっそうさびしげだった。竜頭兵に襲われ、銀騎士にさらわれかけた恐ろしい記憶があっても、やはりそこは、かつて暮らしていた家のある場所、家族がどこかにいるかもしれない場所であるのだろう。グインは励ますように肩を抱いた。

「またいずれ戻ってこられる。今は少し避難するだけだ、そう思っておればよい。いつまでもこのままでは終わるまい。いつの日か必ずキタイの竜王は追い払われ、クリスタルにも人が戻ってくる。その日まで、しばらくの間安全な場所に行くだけだ、そう思っておけ」

「うん……でも……」

タラミアは口ごもり、父ちゃん、母ちゃん、と小さく呟いた。家族への思いを断ち切りがたいのはタラミアだけではなく、ほかの子供たちの中にも泣き出したり、べそをかいたり、馬に乗るのを嫌がって駄々をこねたりする者が見受けられた。

「名残惜しいのはわかるが、いつまでもこうしてはいられないぞ」

ちょっと脅すようにルカスが指を振った。

「こうしている間にまた銀騎士がやってくるかもしれん。むろん、俺たちやグイン陛下が戦うが、お前たちはまたあの怪しのものどもの前に立ちたいのか」

「脅かすのはよしてやれ、ルカス」

苦笑してグインはタラミアを引き寄せた。タラミアはちょっと青ざめて震えている。銀騎士のみならず、竜頭兵を目にしたときの恐怖もよみがえってきたらしい。騒いでいた子供たちもしゅんとなっている。

「そんなことが二度とないように、俺たちはお前たちを連れていくのだ。このクリスタルの都で俺たちが出会ったのはお前たちだけだ。ここにはまだキタイの竜王の魔道が満ちている。いるだけでいつどのような変動がお前たちを襲うかわからない。竜頭兵や銀騎士だけの話ではないのだ」

さあ行くぞ、と馬の手綱をとる。子供らは身を寄せあうようにしてぞろぞろとついてきた。馬の背に乗せた小さい子が一頭につき三人で四頭の十二人、歩いている少し大きい子供が七人。計十九人の子供が、先に立ったグインに従ってゆるやかに歩きだす。

実際のところ、子供らを連れていくのには反対の意見もあった。二人や三人ならばともかく、二十人近い子供をつれて歩くのは、食料や水の問題もさることながら、目が届ききらず子供たち自身の安全も気がかりだと、アウロラなどが反対したのである。

「しかしな、アウロラ、あのような子供らを、危険にさらされるこんな場所に置き去りにしていくことは、俺にはできん。せめて世話をしてくれる人のもとにつれていくまでも、われわれが守ってやらねばならないのではないか」

「それはわかりますが、わたしたちは四人、子供らは二十人もいます。それだけの人数を世話しきれるかどうか。目が配りきれずに、かえって危険な目に遭わせてしまうかもしれません」

「かといって、ここに置いていくのもまた危険の中に放置していくことには変わりあるまい。銀騎士や竜頭兵の脅威もある。また奴らが襲ってこないとはいいきれん」

「わたしたちがいたからこそ襲ってきたとは考えられませんか。もしそうであれば、わたしたちがいなくなればやつらもこのまま襲っては来ないかもしれない」

「そうかもしれんが、何も頼るものもなく、力のない子供ばかりをこんなところに置いておくのは、やはり俺には無理だ。なにもずっと連れていこうというのではない。銀騎士の危険のなさそうなあたりまでせめて連れていって、そこで預かってくれる場所を探そうというだけだ」

「それは……」

アウロラは唇をかんでうつむいた。彼女の心の中にはまだ、シルヴィアのすぐ近くまで来たかもしれないのに戻るのだということがひっかかっているのかもしれなかった。シルヴィアではない人間を連れていくということに、感情がついていかないのだろうか。気持ちは判るがだからといって、逃げ隠れするしかできない子供を置いていくことはやはりできない。

「アウロラ、あの子たちを守る者は誰もいないのだ。われわれが行ってしまえば、また銀騎士や竜頭兵におびえながら食べ物をあさる生活に逆戻りするしかない。竜頭兵の襲撃を生き延びた彼らだからこそ、安全な場所で静かに生活させてやりたい。わかるな」

「……はい。陛下」

そのアウロラはまだ何か考えこんでいるようなしんとしたうつむきがちの顔で、摘み取った草をまわしながら歩いている。グインは胸に小さな痛みを感じながらその姿を見た。グイン自身もまた、シルヴィアを近くにしながら国へ帰ることを決めたことには忸怩たるものがあったのだ。

（俺があのひとを見つけても、彼女はよろこばないかもしれない……）

今ではグインを憎みきっているシルヴィアでは、たといグインが表に出ずともケイロニアに連れ戻されると感じた時点で泣きわめくだろう。売国妃の汚名を着せられ、国民からも完全に背を向けられてしまったシルヴィアを、それでもケイロニアに連れ戻すのがはたして正しいのか、それを考えるとグインの頭は重苦しい黒雲に満たされる。ほとんど迷うということのないグインが、シルヴィアのこととなると真っ暗な暗黒の迷路に迷い込んでしまうのだ。

（あるいは、俺は――）

逃げているのかもしれぬ、とも思った。もう長いあいだ、直接には顔を見ていないシルヴィアに、ふたたび会って怒りを真正面から浴びせられるのが恐ろしいのかもしれぬ。ほかのどんなことをも恐れたことのないグインだが、シルヴィアのことに関してだけは別人のように心が弱くなり、恐れや気後れが先に立つ。アルド・ナリスと名乗るものにちらと見せられたシルヴィア――であるかもしれぬ――の姿を思いだしただけでも胸が不吉に痛む。ひとまずは危害を加えられている様子はなかったとしても、今後どのような扱いを受けるかはわからない。

アルド・ナリスは今後もグインを手に入れようと手を打ってくるだろう。その際にシルヴィアを利用してくることは十分考えられる。

切り捨てることができれば、おそらく楽なのだろう。だが、シルヴィアからいかなる扱いを受けようと、どんなにののしられ呪われようと、シルヴィアに対する気持ちは消えない。愛ではないのかもしれない――愛とは何か、もはやわからなくなってしまった。かといって同情や哀しみなどでもない。ただシルヴィアはどうしてもグインに取りついていて、いつまでもじくじくと痛みつづける傷のようなものなのだ。あまりにも短かった平穏なときすら、自分のごつすぎる手があの華奢な身体を壊してしまうのが怖かった。いまは彼女の存在自体に、ひたすら心が波立つ。

（シレノスの貝殻骨、か……）

シルヴィアを見せられた心の乱れを突かれて魔道の檻に引き込まれかけたように、今後もアルド・ナリスはシルヴィアを使って揺さぶりをかけてくるだろう。グラチウスもかつてキタイへグインを引き寄せるためにシルヴィアを利用した。自分さえ彼女に出会わなければよかったのではないか、自分と出会わなければ彼女は、不自由をかこちながらもケイロニアの皇女として生きていられたのではないかという思いは消えない。

（いかんな、どうも）

堂々めぐりし始めた思いをグインは振り払った。シルヴィアのことになるとどうしても鬱々と思い悩んでしまう。いまはこのクリスタルから連れ出した子供らを安全な場所へ連れていくことを考えねばならない。

ケーミかシュクあたりまで連れていけば預かってくれる相手も見つかるだろうか。銀騎士がどこまで手を伸ばしているかはわからないが、それほど遠くまで出張っているとは思えない。問題は預ける相手だ。子供を虐待したり、こき使ったりするような相手に預けるわけにはいかないから、そのあたりは慎重に見きわめねばならないだろう。

その時、グインの鋭敏な感覚は、遠くから伝わってくる馬蹄の響きをとらえた。すばやく手を上げて馬を止める。カリスが心配げに馬を寄せてきた。

「陛下、いかがなさいました？」

「馬が来る。数は十騎以上はいるだろう。街道の先からこちらへ向かってやってくるようだ」

「銀騎士でしょうか？」

「それならクリスタルのほうから来るだろう。足並みの揃った、訓練された一隊のようだ。盗賊のたぐいとも思えんが」

そうするうちに街道のむこうに砂煙が立ち、一隊の騎馬隊が姿を現した。子供に囲まれ、馬を止めているグインたちに近づいてくる。先頭に立った指揮官らしき騎士が声をかけてきた。

「こちらはカラヴィア公騎士団である！　貴殿らは何者であるか明らかにされたい。その子供らは何者か」

「カラヴィア騎士団の方々にはお勤めご苦労。俺はこういうものだ」

グインはまとっていたマントのフードをあげた。接近しかけていたカラヴィア騎士団の指揮官が驚いて馬の手綱を引きしめ、馬があがいた。

「ひ、豹頭⁉　まさか、ケイロニアの……？」

「俺はケイロニアのグインだ。こちらの三人は俺の連れ。この子供らは、俺たちがクリスタルの市内に隠れていたのを助け出してきた者だ」

「本当に、ケイロニアのグイン王、なのですか……」

指揮官は部下に馬を控えさせ、全員下馬させると、自分も馬を降りてこちらに近寄ってきた。膝をつき、かぶとをとると、口ひげを蓄えた精悍な顔つきの武人が現れた。

「カラヴィア騎士団第一師団第三小隊隊長、カザン子爵であります」

丁寧に頭を垂れて礼をした。

「してまた、ケイロニア王陛下には、何故にこのような場所へ？」

「人を探していてな。その人物を探しているうちに、クリスタルにいるのではないかということでここまでやってきた」グインはかるくいなして、

「貴公らはカラヴィア公の騎士団か。このあたりにはよくやってくるのか？」

「カラヴィア公アドロン閣下子息、アドリアン聖騎士侯が、かの災害の中で行方不明となっております」

　カザン子爵は硬い表情でいった。

「アドロン公は軍をクリスタルに攻めのぼらせましたが、倒すと犬に変化する異様な騎士と、立って歩くとかげのような化け物にはばまれ、また、クリスタル・パレスには魔道の障壁にはばまれて侵入することができず、むなしくひきあげるほかありませんでした。今はわれわれのような小編成の部隊が、哨戒任務をとってこの近辺を警戒しております」

「その銀騎士と竜頭兵にはわれらも出会った。この子供らを放っておけぬと思ったのもそのためだ」

「陛下はクリスタルに入られたのですか」

「ああ、入った。探す相手はクリスタルの中にいたのでな。残念ながらとらえることはできなかったが」

「あの銀色の騎士やとかげの化け物と戦われたというのですか。さすがは中原に名高い英雄王であらせられる……」

　カザン子爵は感に堪えたように声を震わせた。

「勇猛をもって鳴らすカラヴィア騎士団が、万の軍隊をもって取り囲んでも切り抜けることのできなかった敵です。それをたった四人で切り抜けたとおっしゃるか。さすが、英雄のもとには英雄が集うというものですな」

「いや、そんなことはない」

ルカスが少しあわてたように、

「戦われたのはほとんど陛下お一人です。われわれはただ、陛下の偉大な武勇に守られてあったに過ぎない」

「しかし、あの銀騎士や怪物と戦われたのでしょう。私も相対したことがありますからわかっております。あれは異常な魔道の産物だ。あのようなものと戦って勝てるというのは、よほどの豪傑にちがいない」

カザン子爵はひとりうなずいている。

「ところで、その子供らはどうなさるおつもりですかな」

「とりあえず、安全なところまで連れていこうと思って連れ出したのだ。ケーミかシュクまで連れていけば銀騎士の徘徊もないかと思っているのだが」

「それでは、その子供ら、どうぞ私どもにお預けくださいませ」

カザン子爵は決然として申し出た。

「それはありがたいが、しかし、よいのか」

「カラヴィアもパロの一部、その子供らは同じくパロの市民です。カラヴィアにも逃亡してきた市民はおります。それらの中に入ると思えば同じことでございましょう」

カザン子爵は一礼して立ちあがると、グインのそばに寄り添っていたタラミアに手を差し出した。タラミアはびくっとして不安げにグインを振りあおいだが、グインがうなずいてやると、おそるおそるカザン子爵の籠手におおわれた手を握った。

「どうだ、この人たちといっしょにゆくか、タラミア、お前たち」

グインは振りかえって、後ろで目を丸くしているほかの子供たちにも呼びかけた。

「この人たちはカラヴィアまでお前たちを連れていってくれるそうだ。そこでならば銀騎士や竜頭兵におびえずに暮らせる。逃げ出してきた市民もいるそうだ。あるいは顔見知りがいるかもしれんぞ」

「……おじさんたち、ほんとにカラヴィアの人なの」

タラミアの声はか細く震えていた。

「俺たちのこと、連れてってくれるの？　銀騎士も竜頭兵もいない？　ほんとに？」

「今のところ、カラヴィア領内では銀色の騎士も、とかげの化け物も確認されていない」

少年の手を握り返しながら、カザン子爵は力強く言った。

「お前たちの知り人がいるかどうかはわからんが、クリスタルから逃げてきたものたちのところにも連れていってやれる。子供ばかりでこんなところにいるのは危険だ。陛下はお連れが少なくて、お前たちには手の回らないこともあろう。不安は解るが、われわれといっしょに来たほうがよい」

　タラミアはまだ不安げにグインを見上げ、うしろの子供たちを振りかえり振りかえりしていたが、迷いながらも一歩足を踏みだして、カザン子爵のそばに立った。カザン子爵は破顔した。

「大丈夫だ、怖がることはない。同じパロの民として、お前たちを保護する。これは騎士としての誓いだ」

　まだ馬に乗っていた子供らがルカスやカリスの手を借りてぽつぽつと降りはじめた。どうしたものかと見守っていた年かさの子供たちも、二人、三人とタラミアのもとに集まっていく。

「おい、この子たちを馬に」

　カザン子爵は部下にむかって呼びかけた。数名の騎士が馬を降り、こちらに向かって引いてきた。歩み寄ってきた子供を抱きあげて、さっと馬の前輪(まえわ)にのせる。子供はびっくりしたように目を見張ったが、そのまましっかりと馬の首にしがみついた。

「では、頼めるか、カザン子爵」

「もちろんでございます、陛下。どうぞご安心を」

　子供たちはそれぞれ、騎士の背中につかまったり、鞍の前輪にまたがったりして、全員が馬上に上げられた。タラミアもカザン子爵の馬に乗せられ、まぶしげな顔をしてグインたちを見やった。

「では、元気でな。タラミア、それに皆。カラヴィア騎士団に守られていればわれわれも安心だ。いつの日か必ず、クリスタルに帰れる日は来る。そう考えて、いい子にしているのだぞ」

「あの……あの、王様！」

タラミアが思いきったように大声を上げた。

「俺たちのほうこそ、ありがとう！　助けてくれて！　俺たち、あんたのこと、忘れないからな！」

「いい子だ。カラヴィアへ行っても、仲間と仲良くするのだぞ」

「失礼いたします、陛下。お捜しの相手を、見いだされることを祈願いたします」

カザン子爵は一礼して馬に乗った。カラヴィア騎士団は子供たちを乗せて、赤い街道を南の方へまたくだっていった。見送ったグインとカリス、ルカス、アウロラは、賑やかさの去ったあとのぼんやりとした、気の抜けたような寂しさを抱いて、しばしそこに立ちつくしていた。

「何はともあれ——彼らが安全な場所に引き継がれたことはようございましたね」

ルカスが多少ほっとしたように言った。

「さすがに二十人を長々と連れて歩くのは、我々にも荷が重うございましたし」

　カリスも続いて苦笑する。

「カラヴィア公の騎士団ともなれば身元も立派、必ず安全な場所にかくまってくれましょう。一安心、というところでございますね」

　アウロラは遠い目をしてなにも言わぬ。グインは仲間にうなずきかけ、馬に乗ろうと、手綱を取って引き寄せた。

「陛下」

　と、とつぜんきっとなってアウロラが言った。

「私——私、やはり、シルヴィアさんを探しにクリスタルへ戻りたいと思います」

「アウロラ？」

「ルヴィナさん——シルヴィアさんがクリスタルのどこかにいるのかもしれないと思ったまま、ここを去ることなんてできません。陛下はどうぞ、お先にケイロニアへお戻りください。私はどうしても、シルヴィアさんを救い出さずにはおれません」

「アウロラ！」カリスがあわてたように叫んだ。

「いいえ、待ってください、陛下——昨夜のお話が解らなかったとはいいません。シルヴィアさんをケイロニアへ連れて帰ることにはもうあまり意味がないのかもしれない。陛下がいつまでもケイロニアを留守にできないこともわかります。でもね私はちがう。

私はいつどこにいようと、どうしていようと障りのない身、シルヴィアさんを探してどこにいても、何も不都合はないはずです。誰もそばにいてあげるもののない、気の毒なシルヴィアさんを——」

声をふるわせて言葉を切り、アウロラは両腕を抱くようにした。藍緑玉(アクアマリン)の瞳にはうっすらと涙さえたまっているようだ。

「しかし、それは危険だ、アウロラ。いまのクリスタルにひとりで侵入するなど無謀だ」

「それでも、カリス、手がかりがあったのなら私はどこまでもそれを追い続けたい」

アウロラはぶるぶると頭を振って馬にすがった。

「二人についてきてほしいとは思わない。私はどうしてもシルヴィアさんを見つけたい。これは、私の身勝手だ。その身勝手に陛下や、カリスやルカスを巻き込もうとは思わない。私は、私の気持ちでシルヴィアさんを探しに行く」

そう言い果てると、アウロラはひらりと馬にまたがり、たった今出てきたクリスタルの街のほうへ、くるりと向きを変えて馬を駆けさせていった。

「ひとりで行ってはいけない、アウロラ！」

背中にかけたカリスの言葉もむなしく、その姿はあっという間に遠ざかり、赤みのかかった金髪がほのかに土埃の中を駆けていくのが見えるばかりとなった。

「いかがいたしましょう、陛下」

ルカスがとまどったようにグインに馬を寄せた。

「手がかりといっても俺が見たまぼろしのようなもの――とうてい、あてになるとはいえまいが」

重々しくグインは言った。

「かといって、放っておくわけにもいくまい。やむを得ぬ、あとを追おう。アウロラとて腕は立つが、ひとりで銀騎士や、竜頭兵に取り囲まれるようなことがあればひとたまりもなかろう」

はっ、と口々に応えて、カリスとルカスは馬に飛び乗り、アウロラのあとを追って馬を駆けさせていった。グインも馬を引き寄せ、ふと手を止めて、

（俺は、よろこんでいるのか）

と胸の中にひとり呟いた。

（シルヴィアがこのクリスタルにいるかもしれぬという可能性を残したまま離れることに、賛成したにもかかわらず自分ながら忸怩たるものを感じていたということか。アウロラがあれだけいちずにシルヴィアを想ってくれることに、有り難ささえ俺は感じている――）

ケイロニア王としての己と、シルヴィアを想う己のはざまで立ちつくしている自分に

比して、ひたすらにシルヴィアのことだけを想うアウロラの純粋さがまぶしかったのかもしれない。立場の違いはあるにしても、シルヴィアの美質を認め、愛情を注いでやってくれるアウロラが嬉しかった。

かといって、さだかならぬ手がかりにむかって身を投げだそうとするアウロラをほうっておくわけにもいかない。

（もっと確たる手がかりがあれば……あのような一瞬のまぼろしではなく）

どうにもならぬもどかしさを抱えながら、グインは馬上の人となり、カリスとルカスのあとを追った。

2

「あーッ、もう！　まったく、聞く耳持たないんだからなアッ！」

わめいているのは人型をとった淫魔のユリウスである。空中に寝そべった姿でふわふわ浮きながら、朱いくちびるを不機嫌にゆがめてだらんと両手を下に落としている。視線の先には、パリスである。パリスは大剣をかまえたまま、クリスタル・パレスの城壁のそばをなめるように探りつつ歩いているところだった。

「ほんとにここにいるのかどうかなんて、わかったもんじゃないのにサ……豹のおーさまが、ちょーっと、ちらっと姿を見ただけってことだろ？　それもほんとに、めんどり姫さんかどうかわからないって程度でさ……そんなのに食いついてたって、無駄足かもしれないっての、どうしてわかんないかねえ？」

何を言われようが無視して、パリスはじっくりとクリスタル・パレスの周囲を探っていく。結界の張られている周囲は近づくと空気が重く、硬くなったようになり、冷たい水に手を差し込んだようにしびれる感覚が伝わってきてそれ以上進めなくなるのだが、その境界ぎりぎりを、まるで隙間の一つでもそこに見いだせないかとでもいうように探りつづけているのである。その様子には見ている方が息が詰まってくるような、切迫したものがあった。青い目は暗く燃え、傷だらけの顔は厳しいまでに引きしめられている。

「あーったく、もう」

ユリウスはため息をついて空中でごろりと寝返りを打つと、そのままふわふわと上昇して、あたりを一望できるほどの高さまで上りつめていった。

（まーったく……お師匠さまからはあいかわらず連絡は来ないし……こんなとこじゃおいしい相手だって見つかりゃしない……パリスと来たらめんどり姫いちずで役に立ちゃしないし……ユリちゃんだってさみしーってなっちゃうよ、ほんとのとこ……おやっ、ありゃ）

ユリウスはだらっと寝そべったまま片手だけ宙に上げた。一頭の馬が、ほっそりした乗り手を乗せてこちらにやってくる。赤みのかった金髪が陽光にきらめくのに目を細めて、ユリウスはするすると下へ降りていった。

（ありゃ確か、グインといっしょにいた騎士のひとりじゃないかね……ひとりで何しにきたんだか？　めんどり姫を探しにでも来たのかなー）

ユリウスが下まで降りていくのと、騎馬姿がすぐ近くまでやってくるのとはほぼ同じころだった。空中に寝転がっているユリウスと、貼りつくようにしてクリスタル・パレスの外部を調べているパリスを前に、手綱を引きしめてひらりと飛びおりる。

「確か、お前たちは……」

「あ。あーあ、ども」

だらっと寝たままユリウスは手を振った。馬から下りたアウロラは、宙に浮いたユリウスと一心にあたりを探りつづけているパリスを交互に見た。

「そうだ、銀騎士との戦いで割って入ってくれたな。お前たちもシルヴィアさんを探しているのか？」

「う……シルヴィ……ア」

シルヴィア、という名前を聞きつけて、うっそりとパリスが顔を上げた。

「私もルヴィナさん――シルヴィアさんを探しにきた。何かそれらしき痕跡は見つかったか？　パレスに入れる場所はないのか」

「う……う」

「だーめ。ぜーんぜん」

パリスの代わりにユリウスが両手をあげて首をすくめた。

「あんたからもこいつに言ってやってよ、いっくらこんなとこで結界の穴探したって無駄だってさ。こいつ、あんたの王さまが中でめんどりさんの幻見たなんて言うから、すっかりこの中に姫さんがいるもんだと信じこんじゃって、こっから離れようとしないんだもん」

「結界か……」

アウロラは胸元を探り、首からさげた指輪に触れて眉をひそめた。指輪は霜に当たったようにこごえ、触れた指が凍りつかんばかりに冷たい。

「確かにここには黒い魔道の力が働いている。しかし、私たちの探しているお方に少しでも近づくには、この中へなんとかして入るしかないと思われるのだが」

「だーめ。そんなん、むりむりむりって」

ふわあ、と大あくびをして、ユリウスは手を振った。

「魔道師がいるならまだしも、おいら、ただの淫魔だしぃ？　このパリスも、あんたも、ただの人間でしょ。それに、なまじな力があったところで、破れるような結界ならとっくに誰かが破っちゃってるよ。とどのつまり、おいらたちには手が出せないってこと。そーでしょ」

「……」

アウロラはくやしげに唇をかんで、じっと考えこんだ。

「だが、シルヴィアさんはおそらくこの中にいるのだ……でなければ……」

馬のそばに戻り、もう一度騎乗する。

「どこいくのん？」

「パレス以外の場所を探ってみる。豪奢な部屋ということなら北クリスタルの貴族の邸ということも考えられる」

「ま、無駄だと思うけどねーえ。がんばってー」

　無責任にだらだらと手を振るユリウスに見送られて、馬首を返す。南大門の前、中州一帯は竜頭兵が丸くなって眠っている穴で削り取られて何もなくなっている。そこから離れるようにして大回りし、人影のない聖騎士宮を左手に見て、アルカンドロス広場を横切る。アルカンドロス大王の像がいまだ白々と空にそびえているのがどことなく空々しい感じさえする。この広場でもおそらく、大勢の市民が死んでいっただろうに。

　ランズベール通りを進みながら、アウロラは、離れてきてしまったグインたちのことを考えていた。勝手な娘だと思われているだろう。だが、やはり、ルヴィナ――シルヴィアを置いたままここを去ることなどできない。アウロラの中の彼女は、いつもシルヴィアであるよりもルヴィナだった。青ガメ亭で粉まみれになってパンをこねたり、嬉しそうに焼きたてのパンを並べたりしていた彼女が、売国妃などという汚名を着せられて、人々から殺意すらむけられるようなことなどあっていいはずがない。彼女のせいではない何かで他人の意図に翻弄され、行方も知れず連れ去られていることに本当に胸が痛む。あの娘はそんな人間ではないのに。他人の命を救うために、危険も顧みず自分の名前を明かすことのできる、やさしいところだってある娘なのに。

いかにも今のケイロニアにはもうシルヴィアの去就が重大事ではなくなっているといっても、せめて自分ぐらいは、シルヴィアのことを考えていてやりたい。シルヴィアを放っておくというのが、アウロラには、男たちのかってな言い草に思えてならなかった。シルヴィアは生きた、ひとりのごく普通の娘であるのに、その普通の娘が、国や魔道やさまざまなものに翻弄されて、まるで人でないもののように扱われているのが許せなかった。

（ルヴィナさん……もう長いあいだ、あなたの顔を見ていない）

たったひとりで守る者もなく、彼女はどうしているのだろうか。

貴族の邸が建ち並ぶあたりに入り込んできていた。このあたりでも荒廃の影は濃く、優雅な白い尖塔を持つ邸の前庭は茶色く飛び散ったなにかで汚され、扉ははずれてななめにたれかかり、植え込みの間を優雅に蛇行しながらのびる石畳の小径は鋭い爪にえぐられた跡を残して割れ砕けている。もとが繊細に美しいものばかりであるがゆえに、その様子はいっそうむざんに、崩れはてて見える。

一軒ずつ丹念にのぞいて歩き、静まりかえった邸を調べて回る。どこにも、なにもなかった。だれもいなかった。食卓には食べかけのままの食事がひからびて散らばり、家具は四方に投げだされて砕けている。花瓶は落ちて割れるか、置かれたまま朽ちた花の残骸をさして置き放しにされているかどちらかである。美しい壁掛けや敷物は飛び散った血や肉片にどす黒く染まったまま、めちゃくちゃに踏みにじられている。街中の惨状を見てきたアウロラでも、こうして人の住んでいた美しい邸の中に、なまなましい虐殺のあとを見るということは、背筋が粟立つものだった。

　いく軒めかの探索を終えて、アウロラは街路に出てきた。疲れでこめかみがずきずき痛み出しており、神経を張りつめていたため肩がきつくこわばっている。大きく息をつき、きつく目をつむって首を振ったとき、その声は頭上から降ってきた。

「なるほど。沿海州の宝石だな」

　アウロラは高速で剣を引き抜いて身構えた。頭上二タールほどの空中に、黒い長衣を頭からかぶった人影が、長い裾をひらひらと宙に泳がせながら浮かんでいた。

「何者だ！」

「おお、気が強い、気が強い」

　影は含み笑った。

「さすがは女だてらに豹頭王にしたがってこのクリスタルへ入ってくるだけはありますな。……私が誰かということなれば、グイン王がまずそなたに口にしていたのではございませんか」

「陛下が……」

　アウロラは目を細め、考えて、大きく目を見開いた。

「確か、カル・ハン——キタイの竜王の手先か！」

「わが主人は必ずしも竜王とは呼べませぬが、そのカル・ハンと見てくださってまずは幸甚」

空中で頭を垂れるような格好をしてみせる。

「おのれ、よくも私の前に姿を見せてくれたな！　シルヴィアさんはどこだ！　言え！」

「言えと言われて言うようなものとお思いですかな？」

風の吹き抜けるような音を立ててカル・ハンは笑った。

「それよりも、なぜ私めがあなたの前に姿を現したのか、そのほうがお気にかかりませぬか？」

「そんなことはどうでもいい！　シルヴィアさんを返せ！　おのれ！」

アウロラはむなしく剣を宙に突きあげたが、はるか頭上高くに漂っている相手に対してはなすすべがない。歯ぎしりするアウロラに、カル・ハンはかれがれとした骨と皮のような片手を上げた。

「はて、ほたえまい。……わが主はいまは手出しするなと仰せながら、せっかく戻ってきたこの宝石、放っておくのもいかにも惜しい。お叱りを受けるかもしれぬが、ひとつ、ぶつけてみるとするかな」

　はっとアウロラが顔を上げたとき、その額の上に、異様に大きく見える魔道師の黒い手が音もなく迫っていた。

　カリスは馬の手綱を引いてとめた。

「誰かやってきます。騎馬です」

　ルカスとグインも馬をとめた。クリスタルの市中の方角から、かすかな土煙がこちらに近づいてくる。

「アウロラだ」

　ルカスが驚いていった。

「どうしたんだ。戻ってきたのか？」

　確かにそれはアウロラだった。馬の上で前かがみになり、金髪を吹きなびかせていっさんにこちらへ馬を走らせてくる。グインは目を細めて近づくアウロラを見ていたが、突然、「避（よ）けろ！」と叫んでさっと馬首を返した。投げ刀子がうなりをあげてグインの首筋のあったところを通りすぎた。カリスとルカスが驚きの声を立てている間に、アウロラは砂煙と共に走り込んできて、風を巻くように馬から飛びおりると剣を抜いた。

「アウロラ!?」

「アウロラ、やめろ！」

アウロラのアクアマリンの瞳は海の色ではなくぎらついた赤い光にとってかわられていた。彼女は低い叫び声を上げると、馬上のグインに打ちかかった。グインは馬から飛びおりると、剣を向けるアウロラの腕をつかんで止めた。

「いったいどうしたのだ、アウロラ。俺を襲えと、誰かに命ぜられたか」

返事は獣のようなうなり声だった。アウロラはがっちりつかまれた手首をもぎはなそうと身をよじりながら、グインの腹を蹴った。まったく効果はなかったが、アウロラは繰り返し足を上げ、グインの腹や足に蹴りの雨を浴びせた。

「アウロラ、やめろ、やめるんだ！」

カリスとルカスの二人が走り寄ってきて後ろから食らいついた。羽交い締めにするようにして押さえつけようと努力する。アウロラの手から剣が落ちた。グインが手を離すと、二人に押さえつけられながら、ゆっくりとアウロラは下がった。獣のように歯をむき出し、うなり声を上げている。

「アウロラ！」

カリスが声をはげましてアウロラの頬を軽く打ったが、効果はなかった。

「催眠か。どうやら、魔道師が近くにいるようだな」

グインは落ち着きはらって呟き、「出てこい！」と声を高くした。

「出てこい、カル・ハン、確かそう言っていたな？　彼女がひとりでいるところを見つけて術をかけたのだろうが、あいにく、彼女の手にかかるほど俺はやわではないようだぞ」

「そんなことはよく承知しております、豹頭王陛下」

低くかすれた声がして、頭上二タールのあたりにもやもやと黒いもやが浮かびあがった。もやは濃さを増してかたまり、長い裾を空中にひいた魔道師の姿となった。

「貴様がアウロラにこのような催眠術をかけたのか？」

必死にアウロラを押さえながらカリスが問いかけた。

「カリス、ルカス、この魔道師は俺をディモスのもとへと導いた男だ。おそらくアルド・ナリスともつながっているにちがいない。この周辺にはたらいている魔道は、おそらく大きくこの男に依っているはずだ」

「大層重く見てくださり、恐悦至極にございます」

カル・ハンはかわいた笑い声を立てて頭を垂れた。

「その沿海州の姫が連れもなしに歩いておられたので、少しばかり、挨拶がわりに暗示をかけてみたまでで。豹頭王陛下には、わが主の招きを中途で退出されましたもので、戻ってこられるのであれば是非もう一度主のもとにいらしていただきたいものと」

「ふざけるな、陛下をそんなところへお行かせできるものか！」

カリスが怒鳴ると、ルカスも、

「さがれ、キタイの魔道師、アウロラから手を引け！」

「カル・ハン、俺は婦女子を盾にとって要求を通そうとするような相手に興味はないぞ」

そっけなくグインは言ったが、その黄玉の眼は、ひそめた怒りに強く光を放っていた。

「きさまの主が自らここに出向き、堂々と俺と話をするというなら応えんでもないが、たかが手下の魔道師風情が、小手先の術を使ってこけ脅(おど)かしをしてくるのに屈して話などするつもりはない」

「さようでございますか。いや確かに、沿海州の娘の細腕では、陛下にとっていかにも弱すぎるというもの」

カル・ハンは思案するように首をかたむけた。

「では、こちらではいかがです？」

カリスとルカスが急にとらえていたものを失って前のめりになった。アウロラは影のように二人の手をすり抜けると、刀子を首筋にぴたりと当て、今にも喉をかっ切ろうとする様子を見せた。留めかけたカリスとルカスはその場で棒立ちになった。

「いかがです、陛下、これでもわが主のもとへ来ていただくわけには参りませんかな」

息づまる沈黙が生まれた。アウロラはうつろな瞳で刀子を首筋にあて、今にも横に引こうとするかのように身構えている。カリスとルカスは棒立ちになったまま凍りついて動けず、グインは彫像のようにどっしりと構えていた。

「俺の返事は同じだ、魔道師」

　グインはゆっくりと言った。

「女子供を盾に取るような人間にさげる頭は持たない。もしアウロラを害したとしても俺を手に入れることはできんし、もしそうしたとすれば、俺は永久におまえの主の敵になるが、それでもよいのか」

　カル・ハンは黙っていた。アウロラの手にわずかに力がこもり、白い肌に、細い血の筋が一筋流れおちた。

「……やはり、いけませんか」

　低く呟いて、カル・ハンは指をはじくような仕草をした。と、アウロラがふらりと身体を揺らして刀子を取り落として倒れかけ、あわてたカリスとルカスの腕に収まった。

「沿海州の娘ていどでは豹頭王陛下をとりひしぐことはできぬ。よろしい。それでは娘はお返しいたしましょう。もとよりこのような策にて御身を手の内にすることなどできるとは思うておりませなんだ」

「負け惜しみを」

　ルカスがアウロラを抱きかかえて頬を叩きながら名前を呼んでいる。アウロラは白い顔をしてぐったりと頭を垂れ、とじたまぶたが蒼白い。

「シルヴィアはどこにいる。やはりこのクリスタル・パレスのうちにいるのか。俺が見たあの女人の姿は本当にシルヴィアなのか」

「それはまた、豹頭王陛下が確かめられればよろしいことで」

降ってきたのは嘲笑のようないらえだけだった。

「主はまたふたたびの会談を希望しております……お妃さまの件もまた、その席でふれられることもございましょう。私が口出すことではございませぬ」

「逃げるのか、カル・ハン！　シルヴィアはどこだ、彼女を出せ！」

しかし、もうその時にはカル・ハンの姿はもやもやと薄く霧のように溶けていくところで、やがて黒い渦になり、空中に溶けるように消えてしまった。グインはため息をつき、ルカスに支えられているアウロラのもとへ大股に歩み寄った。

「魔道師は去ったようだ。アウロラはどうだ？」

「まだ気がつきません」

カリスが心配そうに言ってそっとアウロラの肩を揺すった。アウロラはたよりなくぐらぐらと頭を揺らして、目を閉じたままでいる。朱いくちびるがかすかに開いて、夢を見ている人のように深く、長い息をしている。

「魔道師の暗示は、かけた魔道師によってしか本当には解けぬものだ。いかなる後催眠がかけられているかもわからん。待て、無理に起こさぬほうがいい」

アウロラの口に腰からはずした水袋を近づけたルカスに、グインはそう言って止めた。

「このまま、自然に目を覚ますまで待つか——暗示を解いてくれる魔道師のところまでそっとしておくほうがいい。暗示というものは、無理にさまさせると本人の精神に大きな傷をつけるものだ」

「まだ、暗示が続いているとおっしゃるのですか？」

ルカスはアウロラを抱えて少しおびえたような顔をした。

「そう考えておいた方が安心だということだ。カル・ハンというあの魔道師、キタイの手の者であることは確かだからな。どのようなたちの悪い術を使っているかもわからぬ」

グインはルカスからアウロラを受けとると、人形を抱くようにして抱きあげて立ちあがった。グインの雄大な胸のなかだと、女にしては背の高いアウロラでも、まるで子供のようにしか見えなかった。

「アウロラはしばらく眠らせておいた方がいいだろう。お前たちどちらか一人と同じ馬に乗せて、面倒を見てやれ。何事もなく目覚めれば、それでよし……サイロンに戻ればドルニウスもいる。まじない小路を訪ねることもできる……とにかく、今は無理に目を覚まさせようとせぬことだ。魔道のことはわれわれにはわからんのだからな」

「は、はい……」

グインがアウロラをそっとカリスに渡すと、カリスはとまどったように頬を赤くしたが、そのままアウロラを抱いていって自分の馬にかかえ上げ、後ろから支えるようにして馬に乗った。半分意識のないままゆらゆら揺れているようなアウロラは、カリスの肩にもたれて馬の上に座るかたちになった。

「ルカスと交代で乗せていくがよかろう。そのほうが馬も疲れまい。俺が乗せていければいいのだが、俺の体重ではアウロラまで加わったらさすがに馬が持たん」

「と、とんでもない。陛下にそのようなことをなさっていただくわけには参りません」

カリスはアウロラをかばうように馬首を回した。アウロラのとじた長いまつげとなめらかな頬がすぐ近くにやってきて、カリスはまっかになった。

3

アウロラの分のから馬を引いて、四人はふたたび馬上の人となった。アウロラはときおりうっすらと目を開いたり、うめき声を立てたりするが、はっきりとした意識はまだ戻らない。カリスはどうもアウロラの美貌がすぐそばに来ることに少々落ちつかないものを感じているようだが、アウロラの意識がもどらないのでは、どうしようもなかった。

人気のないクリスタルをあとにして、イーラ湖周辺の原野をぬっていく古い街道を抜け、北へ、とりあえずはシュクへと進路を定める。シュクの街をこえて自由国境地帯に出、ワルド山脈を越えればワルド城がある。ワルスタット城へはディモスが行方をくらましたという知らせをもたらさねばならない。叛逆者となったとはいえ主に忠実な城のものたちは悲しむだろう。どこかでまた姿を見せるのか、それとも彼をあやつっていた黒幕に隠されてしまったのかはわからないが。

きらきらと輝くイーラ湖を遠くに見て、明るい林や原野の続く中を馬を進める。かつてはこのあたりにも魚をすなどる集落があり、それをあきなう商人、クリスタルから出て道を急ぐ隊商などがひんぴんと通ったであろう道は人影もなく静かで、青い木陰にただ古い街道の石積みがほそぼそと続いているばかりである。

林のまにまにときおり姿を現す集落は、人の気配はあることはあるのだが、グインたちがクリスタルの方面から来たようだと知るとさっと姿を隠してしまって出てこない。このあたりにも銀騎士の襲来があるのか、それとも、クリスタルの状況を逃亡してきた市民から聞いた集落の者が警戒しているのか、わからなかったが、グインたちは、とにかく進み続けることにした。

また、集落を出たあとも、林の中に小さな馬車をとめたり、天幕を張って暮らしているらしい避難民の家族が見受けられた。彼らも、一行がクリスタル方面からやってきたと見るとたちまち頭を引っ込め、奥にこもって姿を隠してしまう。グインはずっとマントをかぶって頭を隠していたが、そうした、マントをかぶった恐ろしい巨漢の旅人、というもの自体に、彼らは恐怖をかきたてられているようだった。

「警戒されていますね、陛下」

馬を寄せてきたルカスがこっそりとささやいた。

「仕方があるまい。クリスタルがあのようなありさまで、銀騎士もあるいはこのあたりまで出張ってくるのかもしれぬ。見知らぬ旅人、それもクリスタルの方角から来た者など、怖いに決まっているだろう」

食糧や水はクリスタルを出るとき、タラミアはじめ子供らが集めたものがたっぷりとあったので、そのためにわざわざ人里へ寄る必要はなかったが、

「なんというか、こうも……警戒されると、うんざりするものですね」

「そう言うな。あの残骸の中から命からがら逃げ出してきた人々なのだ。知らぬ顔を警戒するのは当然だ」

はあ、とルカスはため息のように言った。

「ディモス殿はどこへ消えてしまったのでしょうか？　陛下のお話では、クリスタル・パレスから戻ってこられたときにはもう姿がなかったということですが」

「自分で縄を解いて姿を消したのか、それとも何者かが縄を解いて逃がしたのか……どちらかは解らんが、いずれにせよ、まったくディモスのようではない。はなしたときから、あの純朴で真面目なディモスとは別人のようだった。あれもやはり、魔道師の暗示をかけられていたのだろうか。そうとでも考えないとああした急激な人格の変化は納得しづらいが……」

「アウロラに催眠をかけたカル・ハンとかいう魔道師でしょうか。そうすると、ここにもキタイの手が動いていたことになりますが」

「キタイの手がパロのみならず、わがケイロニアにまで及ぼうとしているとなれば、これはゆゆしき問題だ。ディモスは間諜を操って十二選帝侯間にひびを入れると同時に、

これは本気でそんなことができると思っていたのかどうかわからんが、ケイロニアの帝位を狙っていた。それがキタイの竜王の暗示によるものだとすれば、ディモスをあのまま放置しておけば、あるいはケイロニアもまたパロの二の舞になる可能性がないとは言えない」

「オクタヴィア陛下のご身辺にも手が及ぶかもしれないということですか」

「陛下はしっかりした女人だ。レムス王のようなことにはならぬと思うが、十二選帝侯の間から徐々に切り崩されていけばケイロニアの屋台骨が崩れる。今回ディモスが狙われたのはパロにいて術がかけやすかったこともあるだろうが、やはり十二選帝侯の間に反目を引き起こそうという目的が大きいだろう。今回ディモスを捕らえることはできなかったが、身柄を確保できれば魔道師にゆだねて魔道の解呪をさせなければならんだろうな。それではたして本来のディモスに戻るかどうかはわからんが」

「それにしても、なぜディモス様だったのでしょう。ディモス様といえば美形と朴念仁で、それ以外選帝侯のあいだで目立った存在ではございませんでしたのにね。失礼なことを申しあげているかもしれませんが、ランゴバルド侯や、アンテーヌ侯を狙われた方がよほど危険でしたでしょうに」

「やはり魔道の種を仕込んだパロにいたことと、かえって目立たぬところから侵略を広げていった方がよいという判断からかな。ハゾスに何かあればすぐ俺が気づいただろうし、宮廷の重鎮であるアンテーヌ侯に異変があればことが表に現れるのはもっと早かったにちがいない」

「ディモス様がよい方であられたのは承知していますが、いた時と、場所とがよくなかったということなのでしょうか」

「そうなろうかな。ディモスは俺にとってもハゾスの親友として親しい者だ。なんとかして正気を取り戻してもらいたいものだが」

一行は小高い丘をこえて、広々とした野原に出ていた。穏やかなそよ風が吹いて草を揺らし、マントの裾をなぶってゆく。アウロラはまだ半睡半醒の状態で、カリスにもたれて馬に揺られていた。グインはなだらかな坂を下ってゆき、ささやかな流れを渡って馬を留めた。

「小休止することにしようか。カリスも、ルカスと交代するがよい。あまり長いあいだ二人乗りしていると、馬が疲れるだろう」

どこかほっとした様子でカリスはアウロラを馬から抱いておろし、いったん地面に横たえた。ルカスも馬を降り、原野を流れる小川に手をつけて水を飲んだ。グインはアウロラのそばへ寄って、呼吸と瞳孔を確かめた。呼吸は深く、ゆっくりしているが瞳孔は開いていて焦点がない。グインは注意深くアウロラの目を閉じさせると、太い息をついてたちあがった。

「まだ、気がつきませんか」

「ああ、まだ、だめなようだ。やはり一日も早く魔道師に見せて、きちんと暗示をといてもらうしかないと思う」

「パロから逃げた魔道師がこの辺にいるなんてことはないでしょうか」

「魔道師は真っ先に竜頭兵に変えられてしまったと聞いたからどうだろうな。ドルニウスなどもそうだが、事件のとき、命を受けて国外へ出ていた者などは無事でいるかもしれんが、それらを探しあてることは至難の業だろう」

「ちりぢりになってしまって、いったい何が起こったのかよくわからぬ者が大半でしょうしね。とはいえ、このまま置いておくのはとてもアウロラが気の毒なのですが」

カリスは悲しそうにアウロラの赤みのかった金髪を撫でた。しばらく行をともにしているうちに、三人の間にはきょうだいのような仲間意識が通うようになったようだった。ルカスも心配そうにわきへよってのぞき込む。病気の妹を気づかってでもいるような二人の様子に、グインは思わず微笑を誘われた。

その場でしばし水を飲み、馬を休めて休息を取ってから、また馬に乗って先へとすすむ。今度はルカスがアウロラを乗せて、抱くようにして支えている。マントを着たグインは先頭に立ち、後ろをついてくる二騎を眺めた。

やがて日が沈み、水のような夜闇がおりてきた。その夜は木立のかげに火を焚いて野

営することになった。持ってきた携帯食料に、ルカスがとってきたウサギを加えて夕食を摂ってしまうと、ルカスが、

「私がまず見張りに立ちます。夜半を過ぎたらカリス、お前を起こすから、代わってほしい。陛下はどうぞお休みを。見張りは我々で交代いたします」

「そうも行くまい。俺も連れの一人だ。俺だけ見張りを免除されては皆に悪い」

苦笑しながらグインは、

「二、三ザンしたら俺を起こしてくれ、カリス。俺もこれで夜番には慣れている。なかなかお前たちにはおくれを取るまいから、安心するがいい」

「は、それではしかし、陛下が」

「よいのだ。気にするな」

遠慮して二人だけで見張りをしようとするカリスとルカスをなだめて、グインは一本の樹の幹に背をもたせて目を閉じた。カリスとルカスは困惑したように視線を合わせていたが、とにかく、グインが寝ているようであれば起こさずにすませばよいことだと決めたのだろう、カリスはマントを身体に巻いて身を横たえ、ルカスは火のそばに座って炎をかき立てた。

しばらくなにごともなく時がたっていった。ルカスがカリスを起こし、見張りを交代しても、夜は静かなままであった。カリスがグインをうかがいながら、このまま朝まで、

と思っていたとき、グインがすくりと首を立てて、「カリス」と言った。

「あとは俺が見張る。お前も休め。俺はもう、充分休んだ」

そんなわけにはいかないとカリスは少々抵抗したが、命令とまでいわれて、しぶしぶマントにくるまって身を横たえた。横になってしまうと、さすがに疲れもあったのか、やがて寝息が漏れはじめた。焚き火の光を半面に受けて、グインはトパーズ色の目を光らせ、油断なく夜にむかって目を注いでいた。

時間がたっていった。彫像のように動かぬグインのうしろで、音もなく起き上がるものがあった。マントにくるまれて寝かされていたアウロラがゆらりと起き上がり、しばらく様子をうかがうようにじっとグインを見ていた。黙然としてグインは動かない。

グインが動かないのを確かめると、アウロラはそろりそろりと動き始めた。馬の荷物から短剣をそっと抜き取り、鞘を払う。それでもグインが動かないのを見きわめ、一足、一足、その背後へ近づいていく。あと一足で届くところまで近づいたところで、息を吸い、体当たりするように一気にグインの背中に短剣ごと身体をぶつけていったが、

「あっ……」

「このようなこともあろうかと思っていたが。やはり暗示はまだ続いているようだな」

突きかけられた短剣をわきにはさんでぎりぎりと締めあげ、グインは苦笑した。さわぎの気配にカリスとルカスも目を覚まし、アウロラがグインにつかまっているのを見て、

あわてて寄ってきた。

「アウロラ、よせ！　陛下、お怪我は!?」

「怪我はない。この程度で不意を突かれるほど抜けてもおらんさ」

アウロラが取り落とした短剣を拾い上げてルカスに渡しながら、グインは笑った。腕をつかまれてもがいているアウロラに軽く当て身をくわせ、気を失わせる。アウロラはぐったりとなってグインの腕にもたれかかった。

「かわいそうだが、アウロラの手を縛っておくのがよいようだな。俺が襲われるだけならよいが、操られるままに自害などされては大変だ」

「陛下が襲われるのだって大変です」

カリスが反発するように首を振ったが、自害、という言葉にぴくりと反応した。魔道師に操られたアウロラが、自分の首筋に刀子を突きつけてふらふらと揺れていた姿が脳裏によみがえったらしい。気を失っているアウロラを抱き起こし、うかがうように顔をのぞき込んでいる。

「やはり一日も早く魔道師を見つけて暗示を解いてもらわねばならんな。夜ごとにこんなことがあっては俺もさすがに休めない」

「アウロラを陛下への刺客に使うとは、なんという卑怯なやからだ」

「刺客、というものではないさ。一種のいやがらせ、だろうな」

「いやがらせ……」

「あの魔道師――カル・ハンも、まさかこれで俺がやられるとは思ってもいぬだろうと
いうことだ。主の思うままにならなかった俺へのちょっとした意趣返しというようなと
ころかな。それでアウロラを使われるのはもちろん、腹が立つが」

グインの眼がきらめいた。

「一刻も早くこのような暗示からは解放してやりたいものだ。だがそれまでは、アウロ
ラ自身の安全のためにも拘束せねばならんか。気の毒だが」

とにかく今宵はやすもう、とカリスとルカスをうながして、抵抗する二人を寝につか
せた。意識のないアウロラはグインが膝に抱き、注意深く眺めている。目を覚ます様子
はまだないが、目を覚ましても、まだ通常の状態には戻らないのだろうと思われた。グ
インは焚き火の火にゆれるアウロラの頬をそっとさすり、声に出さずにわびをいった。
彼女がこのような目に遭うのも、自分ゆえだと考えると胸が痛んだ。

(俺は……女性には害ばかりおよぼす男だな――)

またシルヴィアのことを思いだし、ほろにがくそう思った。なにもかも、自分でさえ
なければ彼女は今のような境遇に落ちることはなかったのだという思いは、いつもグイ
ンを離れることがない。

(シルヴィア――どうしている。あなたは本当にパロにいたのか、それとも……)

一刻一刻とときがたっていった。いつのまにか月は沈み、東の空がうっすらと白く浮き上がってきた。朝の最初の陽光が木立の間に差してくると、横になりはしたもののまんじりともしなかったらしいカリスとルカスも起き出してきた。

昨晩の残りで手早く朝食をしたため、また半覚醒の状態に戻ってしまったアウロラの手首を、気をつかいながらも革紐で縛る。できるかぎり腕を痛めないように気はつけたが、細い手首に紐が食いこむところは痛々しく、カリスもルカスも眉をひそめた。

「昼間あのようになることはないと思うが、十分注意していてくれ。シュクの街についたらとりあえず魔道師を探してみよう。ひょっとしたら災害をまぬがれた者の一人や二人はいるかもしれん」

カリスもルカスもうなずいた。ぼんやりしているアウロラをまた馬の上にルカスが抱きあげ、馬を歩ませはじめた。カリスがあとに続き、その後ろからグインがゆっくりと続く。シュクへはまだ距離があり、その先サイロンへは、まだまだ越えてゆかねばならぬ長い長い道があった。

ワルド山脈の偉容が近くなり、シュクの街に入ったのはそれから二日後だった。さすがにここまで来ると銀騎士の往来もないらしく、町はにぎわっていたが、それでもクリスタルを襲った惨禍の話はここまで響いてきていて、なんとなく市中が浮き足立っているような雰囲気があった。

シュクはケイロニア領にもっとも近い宿場町ということでケイロニア側からおりてきた旅人も多く、パロ風ではないいかつい体つきの男や、毛織物の長いスカートを腰に巻いて毛皮の帽子をかぶり、色とりどりな胴着を身につけた山岳民族の装束の女性が、頭にかごをのせて木の実や焼き菓子をあきなって歩いている。

街角ではもうもうと煙を立てて羊の串焼きを焼いて売っており、その隣では、ワルド山脈から切り出してきた木でこしらえた家具や、道具類を売っている。干した魚を梱に入れて店先にならべているところもあるし、麦や豆類を升に山盛りにして売っているところもある。

全体に、店の品揃えはパロの、というよりは近くにせまるワルド山とその産物よりのようで、切り出してきた薪を束にして、山積みにしている男もいるし、店先に解体した猪や鹿の肉をつるしている店もある。肉を売っているところもあれば、その毛皮を何十枚も重ねて、軒先にも日よけのように広げて売っているところもある。パロ、クリスタルならばクムのレースや絹に金銀の細工といったところなのだろうが、山の近いここでは、山の産物が市場の中心のようであった。

「魔道師ですか」

はたごに入ったグインたちは、正体のないアウロラを部屋にいれておいてから、宿屋の主人に魔道師の心当たりがないかどうか尋ねた。主人の返事ははかばかしいものではなかった。

「そりゃあ占いやちょっとしたまじないなんかを商売にしてる、もぐりの魔道師はいますがね。お客さんたちのいうような、魔道師に魂をとられちまったのをもとにもどせるような、ちゃんとした魔道師なんざいるかどうか。以前はここらにも、クリスタルやなんかから来た魔道師が隊列を組んで歩き回ってるのを見ましたが、あのことがあってからぷっつり見かけなくなりましたよ。恐ろしいこって」

口にするだけでもわざわいをまねくとでもいうように、主人は恐ろしげにヤヌスの印を胸の前で切った。

「お客さんたちはクリスタルのほうから来なすったんで。それじゃさぞかし恐ろしいことにも遭いなさったろう。まあ、そちらのお客さんくらい大きけりゃ、噂の竜頭兵なんてのもそうそう近づけなかったかもしれませんが」

「俺は身体が大きいばかりで、剣のほうはからきしでな」

マントをかぶったグインはいけしゃあしゃあと、

「こちらの二人がもっぱら剣働きでは頼りになるほうだ。とにかく、そのもぐりの魔道師でもいれば教えてほしい。若い娘が、いつまでもあのままでは気の毒だ」

「そりゃあ、そうですがね。それじゃお教えしますが、役に立たなくても、わっしを怒らねえでくださいましよ」

そう言って主人が教えてくれたのは、町外れに庵を結んでまじないをしたり薬を売ったりしているという魔道師の名前だった。ガレンというらしい。

「魔道師には魔道師、とはいえ、どうもうさんくさい感じが消えませんね」

ケイロニア人のカリスは道々そう呟いた。

「やはりわれわれはケイロニア人ということでしょうか。アウロラをあのまま放っておけないのは確かですが、魔道師という輩の手にあずけるのもなんとなく勘弁願いたい気がします」

ガレンの庵は市場の賑わいからは少し離れた、街並みからも距離を置いた場所にひっそりとあった。表の扉をグインが叩くと、中から「なんの用だ」とくぐもった声が返ってきた。

「ちょっと相談事があってきた者だ。入るぞ」

グインを先頭に三人が入っていくと、それほど広くない庵の中はそれだけで一杯になった。木で組んだ屋根と壁に、ルーンを記した掛け物が左右と奥の三方にさがっている。干した薬草の束やたくさんの瓶、壺、乾かした動物の死骸や皮や骨が梁からぶら下がっていて、周囲の壁に作りつけた棚も同じようながらくたで埋まっている。

奥まった部分に鉱石や守り石、祈り棒や札などが山積みになった机があって、その隣に、痩せた貧相な小男が魔道師の黒い長衣を着て座っていた。いきなり入ってきたグィンの雄大な体格にどぎもを抜かれたようで、ぽかんと口を開いている。

「実は、連れの娘がある魔道師に暗示をかけられて意識がはっきりしない。ちょっといっしょに来てもらって、暗示を解くことができないかどうか看てもらいたいのだが」

「暗示？」

ガレンはどぎまぎしたような声を出した。

「そ、その、暗示をかけるとなるとかなり強力な魔道師のしわざになる。俺はほんの、低級な魔道師で――」

「とにかく、来てみてもらえないだろうか。礼はする」

気の進まないようすのガレンを俺から連れ出し、はたごに戻る。心配していたアウロラは、部屋で静かに横たわったまま半覚醒の状態のままでいた。ガレンは小声でぶつぶつ言いながら、アウロラの上にかがみ込んだ。

「どうだ？」

しばらく手をかざして走査しているのにじれてルカスが言いかけ、カリスにしっと制止される。グィンは腕を組んだまま成り行きを眺めていた。

「無理だ」

ややあって、ガレンは大きくため息をついて身体を伸ばした。

「こいつは俺よりずっと力の強い魔道師によるものだ。俺程度の力ではとても解呪できない。もっと力のある魔道師でないと」

「お前だって魔道師なんだろうが」

ルカスが襟首をつかみ上げんばかりにする。グインは止めた。

「よせ、ルカス……つまり、お前の力では解呪におよばないということか」

「ああ」

ガレンは額の冷や汗を袖で拭いて、そびえ立つグインの長身をおそるおそる見上げた。

「俺はギルドでいえば下級魔道師にやっと届くか届かないかくらいの力しかない。占いや薬を売っているのも、それくらいの能しかないからだ。こんな強力な暗示は、上級魔道師か、せめて一級魔道師に頼まないと無理だ」

「少しずつでも暗示をほどいていくということはできないのか」

「無駄だ。魔道師の強さというのは絶対的なもので、力の上下はひっくりかえすことができない。この術をかけたのは、俺よりずっと格上の魔道師だ。それに、いいたくはないが、なにやら妙な感じがする。中原の魔道とは何か感じの違う、妙な魔道だ」

「やはりキタイの魔道では、一筋縄ではいかんということか」

ルカスが唇をかんでくやしげに言う。

「キタイの魔道?」ガレンが聞きとがめて、一気に真っ青になった。

「それじゃ、この娘はクリスタルで蔓延してるっていうキタイ王の魔道にかかってるっていうのか。くわばらくわばら。俺はそんなものにかかわりたくない。俺は力もたいしたことないただのもぐり魔道師で、とてもそんなものに太刀打ちできるような人間じゃないんだ」

「しかし一応、魔道師は魔道師なんだろう。少しくらいやってみようとは思わないのか。礼金は払う」

「無茶を言わないでくれ。いくら金を積まれても、できないものはできないんだ」

「よせ、ルカス。カリス」

ガレンを取り囲んで詰め寄るカリスとルカスを、グインは止めた。

「世話をかけた、ガレン」

まだ尻込みしているガレンに財布から取りだした金を握らせて、グインは安心させるように肩を叩いた。

「無理というものをしいてやらせることはない。足労をかけた、ガレン。これはわずかばかりだが礼だ」

ガレンがほうほうのていで部屋から逃げるように出ていくと、カリスは苦々しげに、

「魔道師といっても役立たずもいるものなのですね。魔道師に見せることさえできればアウロラの目を覚まさせることができると思っておりましたが」

「できないというものはしかたがあるまい。それにお前たちも見たように、カル・ハンの魔道は確かに強力だ。それに中原の魔道とは系統の違うキタイの魔道ともなれば、そんじょそこらの魔道師には手も出せないということであっても仕方があるまい」

カリスはそれでも不服そうにむっつりとし、まぶたを薄く開いたまま微動だにしないアウロラを心配そうに見つめている。

「しかし困ったな。以前のパロならまだしも、今のパロに一級魔道師や上級魔道師がそうそういるとは思えんぞ。例の惨禍で、魔道師の塔も壊滅してしまったのだろう。魔力に太いつながりを持っているものから変形(へんぎょう)の魔道にのみこまれていったということだからな。他国へ出ていて助かったものもいるかもしれんが、今からそれを探して捜し当てられるかどうか」

「宰相のヴァレリウス殿は上級魔道師ということではございませんでしたか」

「ヴァレリウスはな。しかしリギアの話では、弟子を連れてワルド城からどこへともなく発ってしまったということだった。今からそのあとを追うこともできまい」

「サイロンのまじない小路へ行けば、多少の強力な魔道師くらいおりますでしょう」

ルカスは膝をついてアウロラの手をそっとにぎっている。

「ここは急いでサイロンに戻って、まじない小路を訪ねることにしてはいかがでしょうか」

「それもよかろうな。できるかぎり急いでサイロンまでは……五日か、六日というところか」

「その間は、気の毒ですがアウロラへの監視の目をゆるめないようにして陛下にも自分にも危害を与えないようにし、サイロンへ帰りつき次第にまじない小路へ連れていくということにいたしましょうか」

「うむ」

グインはアウロラの枕元に立ち、枕に散った髪を軽く整えてやった。

「パロ国内で強い魔道師を探すよりは、おそらくそのほうが話が早かろうな。では、そうしよう。まじない小路には見知りの魔道師もいないわけではない」

4

夜、眠っていたグインは、ふと目覚めた。寝台の上で上体を起こす。部屋の中を鋭く見回すが、同室のルカスもカリスも、何かに気づいたようすはない。二人ともそれぞれの寝台の上で、すこやかな寝息を立てている。

（何だ……）

なにか肌がざわざわするような、妙な感覚がしている。グインは音を立てずに寝台からすべり降りると、すぐ近くに立てかけてあった愛用の大剣に手をのばした。

そのとき、薄闇に閉ざされた部屋の天井近くに、もやもやと黒いものがわだかまっていたかと思うと、たちまちのうちにそれは形をとり、黒い長衣をまとった人影となって音もなく床に飛びおりた。

「ガレンではないか」驚いてグインは言った。

「どうしたのだ。〈閉じた空間〉はかなり高度な技だと聞いているぞ。お前は下級魔道師に届くか届かないかの魔道師だと言っていたのではなかったのか」

ガレンは無言だった。グインの言葉を留めようとするかのようにつと片手をあげる。

結界か何かが張られているのか、何か物音がすればすぐ目を覚ますはずのカリスもルカスも、眠ったまま目を覚ますようすがない。

「豹頭王陛下」

低い声がした。その声でグインは昼間はフードで隠していた自分の豹頭がむき出しになっていることに気づいた。グインは黒々とうずくまるガレンの姿を鋭く見すえた。

「俺をグインだと知って驚かぬお前は誰だ」

「ガレンでございます。昼間の醜態はひらにお許しを」

昼間のおどおどした話し方とはうってかわったひそめた調子でガレンは言った。

「御身がグイン王であられることは昼間、〈気〉を感じた時点でわかっておりました。余人にあのような巨大なエネルギーをひそめておられる方などいようはずがございません」

「では昼間の姿はいつわりだったということか。本来のお前はどの程度の力を持っているのだ」

「ギルドでは一級魔道士を拝命しておりました」

「それがなぜ、あのようなふるまいをして自分の力を隠していたのだ？」

「かのクリスタルの災禍が起こったあと、私はクムに派遣されておりましたが、戻ってきてこの惨状を知りました。ギルドに戻ろうにももはやそのギルドもなく、進退窮まってこのシュクに参りまして魔道師として生活しはじめておりました」

「なぜ力を隠していたのだ」

「恐れながら、怖かったのでございます」

ガレンの声がわずかにふるえた。

「かのクリスタルの惨状を目の当たりにしたあと、私は自分もその変形に巻き込まれるのではないかと考えて恐怖に震えました。シュクへ逃げてきてからも、逃亡してきた市民の噂をきくたびに追われているような心地がして生きた気もいたしませんでした。今日豹頭王陛下にお目にかかりましたときも、もし力を明らかにすればたちまちキタイの勢力に目をつけられるのではないかと戦々恐々としておりました」

「それがなぜ、ここにやってくる気になったのだ？　しかも、この夜中に」

「ご依頼の女人の暗示は私だけの力では解けませぬ。ただ……」

「ただ？」

「陛下のお力をお借りすれば……」

「俺の力をか？」

「はい」

ガレンは床に這いつくばり、フードのうちから光る目でグインを見上げた。

「その、陛下のお身のうちに溢れるエネルギー、その一片をお貸しねがえれば、どのような暗示でもたちまちのうちに砕けまする。昼間はおそろしさのあまり口を閉ざしておりましたが、夜になり、床の中で考えるにやはり陛下に伏してお力をお貸し願うことを心に決意いたしました。キタイの魔王の力はいまだに怖うございますが、偉大なる豹頭王さまのお力におすがりすれば、私ごときものでも魔王の力に対抗できますことと存じます。どうぞかの女人の暗示を解きますために、陛下の溢れるパワーをお貸しくださいませ」

グインは黙然と頭をかたむけてガレンの言葉を聞いていた。ガレンがひれ伏して頭を下げ、足もとにうずくまるのをじっと見つめる。その目は夜闇の中でも爛々と輝いていた。

「アウロラの暗示を解くために俺の力を貸せというのだな?」

「さようでございます」

「お前の力に俺の力を合わせろと」

「さようでございます」

グインは暫し黙った。瞑目し、何事かを考えるようにじっと俯く。ややあって、かっと目を開いたその顔はきびしく牙をのぞかせていた。

「断る」

「え」ガレンはあわてたように頭を上げ、ぽかりと口を開けた。

「何をおっしゃいます。豹頭王さまには何故そのようなことを仰せられますか」

「お前のようなことを言うやつに俺は何人も出会ってきた」

強い口調でグインは言った。

「俺の力を貸せとか、協力すると言わせようとか、そのたぐいのことを働きかけてくる魔道師がいくらもいた。お前は本当にガレンなのか、それともグラチウスか、ヤンダル・ゾッグか、それともその他の奴なのか？　甘い口をきいて俺の秘めるパワーとやらを私しようとするやからにはうんざりしている。このような夜中にこっそりやってきて、カリスやルカスを眠らせたまま話を持ちかけてくるのも妙だ」

「それは幾重にもおわび申しあげます。しかし、お連れの女人の暗示を解くためでございますぞ。豹頭王さまにはお仲間がご心配ではないのでございますか」

「心配でないはずはない。だが、そのために俺自身を誰かの手にゆだねることはしないというだけだ。お前は俺の力を貸せという。だがそう申し出るものに気をつけるように俺は学んできた。アウロラを盾にとるような言い草も気に入らぬ。キタイの竜王を恐れて力を隠していたというのもくさい。重ねて訊くぞ、本当にお前はガレンなのか？　それとも俺自身を狙う魔道師どものひとりなのか？　アルド・ナリスは俺自身を手に入れようとしていた。その手先のカル・ハンか？　主をよろこばせようとして俺にすりよってきたか。アウロラに暗示をかけたのも、かようにして俺に近づいて食い入ろうという腹ではないのだろうな」

「カル・ハンとは何者でございますか。私はただお連れのお方の暗示を」

「黙れ」

グインは大剣を引き抜き、目にもとまらぬ早さでガレンの喉元に突きつけた。

「ならば昼間にそうしていてもよかったはずだ。見てすぐ俺とわかっていたならなおさらのこと。なにも夜になってこそこそやってきて申し出なければならないような筋合いはない。お前の言うことは信用ならぬ」

ガレンは押し黙った。うずくまる黒い影が不吉にわだかまった。グインは続けて、

「返事ができぬか。俺の力が目当てならばもっと上手にやるがいい。グラチウスではないな、あの老人はあの老人なりに筋の通らぬことはせぬ。ヤンダル・ゾッグか？　違うな、あれもまた愚かではない。アルド・ナリスの手先であるのならば、主の命を聞くにも頭がいるということか」

「……わが主にはお叱りを受けるでございましょうが」

低い声でガレンが言った。グインはまじろぎもしなかった。

「このガレンなる者の肉体を使ったのは私の判断にて。わが主は何もおっしゃっておられませぬ。陛下のお力を手にしようとしたは私めの判断でございます」

「カル・ハン。お前だな」

静かにグインは言った。

「哀れなガレンの肉体をのっとってここに現れたか。俺の力を手に入れて主におもねるつもりか。だがあさはかだったな。俺はそのような手に乗るほど甘くはないぞ」

「確かにいささか性急ではございましたな」

上からつり上げられるような動きでガレン、いな、その裡にいるカル・ハンは立ちあがった。

「この木っ端魔道師めがあまりにも腑抜けておりましたので肉体を借りることにいたしましたが、やはり無能でございましたな」

「無能呼ばわりはあたるまい。お前が肉体をのっとってさせたことをガレンに負わせるのは不当であろう。お前が俺の力に触れようとして焦ったことはガレンのせいでも何でもあるまいに」

「陛下はご自身のパワーを少しもご存じでない。わが主はその秘密も含めて、おん身の存在を理解したがっておられますものを」

「迷惑なことだ。俺は俺が何者であるかを知りたい、だが、他人にそれをほじくり出されるのはまっぴらだ。お前の主人に言うがいい、俺は誰のものになるのもごめんこうむる。俺は俺だ。俺は誰のものになる気もないし、される気もない。お前の主人にもよく言っておけ、俺に要らぬ手出しをするな、とな」

「わが主は陛下という方に秘められた秘密を欲しておられるのです。宇宙そのものの創世にすら匹敵するほどの巨大なエネルギーを秘めた、その陛下という存在に秘められた世界の根本に迫る秘密を」

「なんでもいい。俺は秘密など知らぬ。俺は俺が何であるかを知りたいと思ってはいるが、それを他人にほじくられることは断ると言っているだろう。もうよい、去れ、カル・ハン。次に現れたときには容赦はせぬぞ」

ガレンのカル・ハンは皮肉げに胸に手を当てて一礼すると、いきなりそこにくたくたとくずおれた。グインがそばへ行って抱き起こしてみると、ガレンは、半分白目をむいたままひくひくと痙攣していた。カル・ハンに憑依されていた影響であることは明白だった。

グインはガレンを抱きあげると、自分の寝台からとった毛布でぐるぐると包んで、床に寝かせた。そして自分はもう横にならず、大剣を抱えたまま寝台に腰をおろして、夜の明けるのを待った。ガレンは毛布にくるみ込まれて、ときおり不明瞭なうめき声をもらしながら眠っている。

やがて東の空が白みはじめた。カリスが寝台の上で身じろぎし、ゆっくりと起き上がった。起き上がったところで、剣をかかえて座っているグインを見て「陛下、どうかなさいましたか……」とけげんそうに声をかけ、続いて、床の上で毛布に包まれて失神状態でいるガレンを見つけて絶句した。

「へ、陛下、これはいったいどういうことなのです？　何故ガレンがここに？」

そのころになるとルカスも話し声を聞きつけて目を覚まし、床の上のガレンを見つけて目を白黒させていた。グインは苦笑して、

「騒ぐことはない。夜中にちょっとしたことがあって、訪ねてきただけだ。目を覚ましたら俺まで送っていってやろう。別に心配するようなことではない」

「心配いたしますよ！　起きてみたら床の上に男が寝ているのですから！」

「結局何ということもなかったのだ、気にするな」

「そのようなことをおっしゃって……！」

カリスもルカスもまつわりついて責め立てたが、グインは笑って相手にしなかった。ようやく目を覚まして、何がどうなったのかわからずにいるガレンを元通り町外れの庵まで送ってやり、はたごを出て、シュクの街から離れてしばらく歩くまでなにも言わずにすすみ、町が視界から隠れたころになって、ようやく、昨夜何があったのかの話をした。

「またキタイの魔道師がやってきたというのですか！」

カリスはあまりに恐ろしい勢いで振りかえったのでもう少しで馬から落ちるところだ

った。アウロラを前に乗せたルカスがあわてて支えてやる。

「そう騒ぐようなことではない。結局やつは失敗して退散していったのだ」

「だからといって！　我々を起こしてくだされぱよかったのに」

「結界が張られていたのだろう。それに、結局のところ俺は引っかからなかった、そうではないか？　お前たちのせいではない、気にするな」

カリスは憤然としていたが、もはや言っても仕方がないことだとは理解したらしく、黙った。ルカスはアウロラを支えながら、心配そうに、

「では、結局アウロラの暗示はとけないままなのでしょうか？」

「サイロンにつくまでは仕方がなかろうな。できるだけ急いで戻ろう、そうではないか？　アウロラをいつまでもこのままにしておくわけにもいくまいからな」

「それはそうです」

ルカスはぼんやりと宙を見ているアウロラの髪をそっとかき上げた。その両手はあいかわらず革紐でくくられている。

「今後は旅籠（はたご）に泊まるときも見張りを立てた方がよろしいですね」

カリスがため息をついた。

「キタイの魔道師を陛下のおん身に触れさせるわけにはいきません。今夜の泊まりから、私がいちばんに寝ずの番をしますよ」

「そう神経をとがらせることもあるまい。カル・ハンは退散したのだからな」

「陛下は大胆であられすぎます」

褒（ほ）めるというよりむしろあきれたようにカリスは言った。

「陛下はいかにご自分が重大なお方なのか自覚なさるべきです。そのように何でも御自分でなさってしまわれては、われわれ随身のものの立場がありません」

「それはすまぬことをした」吠えるようにグインは笑った。

「次からはちゃんとお前たちにも呼びかけるようにしようか」

「次があっては困ります」

　不機嫌にいいきって、カリスは先に立って馬を駆けさせた。グインは苦笑して馬の腹を蹴った。ルカスがアウロラを抱え直してあとに続く。主従三騎は赤い街道の上を、規則正しい蹄の音を響かせながら後先になり駆けていった。

第二話　母子再会

1

揺れる船べりから飛びおりて、スカールはしぶい顔の頬をざらりとなでた。

（ロスまでの船ならいくらもあるが……）

そこへ行くまでにいくつも寄港地があって、スカールが望むほどロスへ急行してくれる船、というのはなかなか見つからないのだった。

スーティと琥珀、ウーラ、それに、とんでもないことだがグラチウス、の三人と一匹が弟のドリアン王子を救うためと称して、イシュタールへ行ってしまってなにやかにやで二週間はたつ。その間、スカールはグラチウスがいつ気を変えてスーティを奪い去りはしないか、イシュタールの王宮に侵入などして衛兵にとらわれたりしていないか、怪我などしていないか、もっとひどいことになってはいないかなどと、およそあらゆる暗い考えにとらわれていてもたってもいられぬ心境になっていたのである。

　ヴァラキアの港は今日も出ていく船、入ってくる船でにぎわっている。南回りの航路から帰ってきたばかりの船はランダーギアから運んできた象牙や虎の皮、干して固めた南国の果実、酒につけて保存した精力のつく昆虫の樽などを転がしておろしているし、これから遠いノルン海へと船出しようという船には続々と食糧や水の樽が運び込まれている。もっとも多いアルカンドへの西回り航路や、ロスを目指す東回り航路の船もさまざまに帆柱に旗をなびかせ、甲板を踏みならして走る水夫や下働きの少年たちの声もにぎやかに、忙しげに船上の仕事をこなしている。

　早朝に戻ってきた漁船がおろした魚を、手押し車にのせて売って歩く行商人や、道ばたで貝を焼いて売っている女、干し物にする魚を道ばたに座って器用にナイフでさばいている女たちを、潮に灼けた渋紙色の顔の老人たちが水ギセルを吸いながら眺めている。かれらは通りすぎるスカールを無関心な目で眺め、あるいは売り物を売りつけようとさかんに呼び立てたが、スカールが振りかえることはなかった。彼には考えるべき事がほかにたくさんあったのである。

（琥珀とウーラがついているといっても相手はグラチウスだ……いかな卑怯な手を使ってくるかしれはしない……それに、スーティはいかにしっかりしているといってもまだ三歳にすぎない……もしも、もしもだ、ドリアン王子を略奪者から奪い返すことができたとしても、スーティよりもさらに小さい子を、ゴーラと、略奪者たちと両方の追っ手をかわして逃げ延びさせられるものか……琥珀はまた連絡すると言っていたが、もうあれから十日はたつ……その間に何があったか、しれたものではない——幼い子供以外は人でないようなものしかいない一行で、はたして、スーティが無事にいられるものかどうか……フロリーは心配のあまり気も狂わんばかりになっているし……）

ヴァラキアに来てからフロリーは、宿屋の一室からほとんど姿を見せていない。おそらくわが子の無事を必死にミロクに祈っているのだろう。せっかく魔都と化したヤガから脱出できたというのに、ようやく会えると思ったわが子が勝手に遠くへ冒険に出てしまっていると知った母の気持ちというのはどのようなものがあろう。

（フロリーのためにも一刻も早く、スーティの無事を確かめたいのだが……）

「鷹！」

高い声が人混みのむこうからしてきた。顔を上げると、豊満な胸と腰を皮の乳あてと足通しで覆っただけの浅黒い美女が、黒髪をなびかせてこちらに走ってくるところだった。

「ザザか」

「どうだい。船は見つかったのかい」

「なかなかな。俺の思うほどロスへ急行してくれる船はないようだ」

「ねえ、よかったらあたしが、黄昏の国を通って探しに行ってきてあげようか？」

心配そうにザザはいう。

「あたしだったら黄昏の国をどこからどう通るも自由だよ。ひとっ飛びゴーラまで行って、スーティたちがどこにいるか探してきてあげてもいいんだけど」

「ふむ……」少し考えて、スカールは首を振った。

「いや、気持ちは嬉しいが、やめておこう。お前が行ってくれたとしても、それがすぐにスーティの帰還につながるわけではない。むろん、おまえの才覚は信じているが、おまえを危険な場所にやることはできん」

「だけどあんたが船で探しに行ったところで、行き違いになるだけのことかもしれないじゃないか。あっちにはグラチウスだってついているんだろう。あいつなら〈閉じた空間〉を使ったり空を飛んだりして、歩くよりずっと早く移動することは朝飯前なはずだよ。あわてて探しに行くよりも、先に、スーティたちが無事かどうかだけでも確かめた方がいいんじゃないのかい」

「………」

スカールは首を振ってこたえなかった。あわてて探しに行ったところで行き違いになるかもしれぬ、というのはスカールのもっとも懸念するところであった。なにしろゴーラというだけで、正確にどこにいるかはいまだにもってわかっていないのである。ヴァラキアからロスへ、そしてケス河をさかのぼってモンゴールへ入るにはどんなに急いでも、潮や天候の具合がよかったとしておよそ半月はかかる。その間にスーティの身にどんなことが起こるか、もしくは、なにもかもうまくいってスーティが戻ってきた場合に、スカールだけがゴーラに行っていては、これは、本末転倒だ。

（おとなしく琥珀が連絡してくるのを待つしかないということか……）

スーティの勝ち気な性格や危険を恐れぬ勇気を愛するスカールではあったが、このたびだけはこの暴挙——と言っていいだろう——を呪いたい気分だった。よかれと思って琥珀を身の守りにつけておいたことがわざわいした。あれはやはり、人間の論理ではかれないもののある精霊なのだ。弟を救いに行きたいなどというスーティの無謀な望みを、かなえようとするとは思わなかった。

だが人ではない琥珀と、いかに強力であろうが狼であるウーラ、そして最大の懸念材料である闇の司祭グラチウスに囲まれている今のスーティは危険という以外のなにものでもない。しかもゴーラの王子を救い出すということはつまり略奪するということでもある。もとのドリアン王子を誘拐したものたちのもとからうまく連れ出せたとしても、そのあとの追跡や、ゴーラ本国からの追っ手をかわすことができるのか。

「ブランはどうしている」

話をかえるためにスカールは尋ねた。

「まだ沈んでるよ。スーティのこともだけど、やっぱりカメロンて人が死んだってのがすごく堪えてるみたいで、あたしも声がかけづらいくらい。スーティのことも、心配じゃないことはないみたいなんだけど……」

「ブランはカメロンに剣を捧げた直属の騎士だったようだからな。そのカメロンが殺されて、しかもその下手人がイシュトヴァーンだと聞いては複雑にちがいない。それでスーティを嫌うような短絡的な男ではなかろうが、なかなかスーティのことにも気を配る余裕がもてないのだろう」

スカールの出会ったカメロンはまさに快男児と言うにふさわしい男だった。陸と海とに分かれているが、お互いどこか共通したものを感じたとスカールは思っている。男として人に慕われるに十分なものを持ち、人の上に立つにふさわしい風格と人格を備えていた。その男の片腕であったというブランが、主が殺されたと聞いて平静でいられるはずもない。スカールにしてもかける言葉が見つからなかった。けさ宿を出るときに、朝食の膳を前に放心したように座りこんでいるブランを見たのが今日の最後だが、勇猛で明るく、ときに皮肉屋でもあったブランは、カメロンの死を知らされて以来どこかへいってしまったようであった。

「ブランはしばらくそっとしておくほかあるまい。心と剣を捧げた人間を喪ったのだ、その心はなかなか埋めがたかろう。やつとて男だ、そこから自分で這い上がってくるのを待つしかあるまい」

怒りがその後押しとなるかもしれぬが、とスカールはこっそり思った。自分がリー・ファを失ったときとはいささか違うかもしれぬが、あのとき、自分を支えたのはイシュトヴァーンに対する猛烈な復仇の念だった。ブランにとってもそうなるかもしれない。現に、イシュトヴァーンの側近を務めていたというマルコという男は、イシュトヴァーンへの憎悪によって精神を支えているように見受けられる。

ただ座りこんで呆然としているよりはよっぽどいいと思う半面、スーティのことを考えると、またもや複雑なものを覚えざるをえないスカールだった。

（あのイシュトヴァーンという男は、いったい、どれほどの憎しみうらみを身に集めて生きていくことになるのだろうか……）

（鷹よ）

その時、ふと、頭の中に声が響きわたった。スカールは一瞬棒立ちになり、そばを歩いていたザザはぎょっとして立ち止まった。

「ど、どうしたのさ、鷹！」

「しっ」

スカールは額に手を当て、耳をすますように目を閉じた。空耳か、と思ったが、声はとぎれずにさらにつづいた。

（鷹。聞こえますか、鷹。わたしです。琥珀です）

「琥珀！」

吐き出すように叫んだスカールに、ザザはいよいよびくっとしたように身を引く。かまわず、スカールは道の脇によって、こめかみに手を当てた。

（琥珀。確かにおまえか。俺のききまちがいではないのだな）

（はい、鷹。星の子の弟君を救出することができたのでご報告いたします。現在は闇の司祭の力で空を飛び、ヴァラキアにむかっているところです）

（ヴァラキアに！）

思わず叫びそうになったが、むりやり声を押し込め、頭に響く声に意識を凝らす。

（スーティは無事なのか。怪我はしていないか。グラチウスになにかされてはいないだろうな）

（星の子は元気です。弟君も）

琥珀の涼やかな声が耳もとでしゃべっているように響く。

（闇の司祭に関しては心配は不要です。彼の力はわたしによって制限をかけられています。狼王も何事もなく、みな無事にゴーラを抜け出しました）

（それならそれでよいが、だがしかし、追ってはこないのだろうな。ドリアン王子を攫った側も、ゴーラ正規軍も）

（もし追ってきていたとしても、闇の司祭の力で空を飛んでいるわたしたちには追いつ

けません)

そうとは言いつつ、グラチウスの力で空を飛んでいると聞くと、なんとも不安な思いが胸にこみ上げる。

(ご心配は不要です)

不安を読み取ったのか、重ねて琥珀は言った。

(闇の司祭はわたしが掌握しています。彼はわたしの制御によって力を制限されています。わたしの制御を離れて何かすることはできません)

(それならよいが……)

だが彼によってゾンビーめいた何者かにされてしまったスカールとしては、そう簡単に気を許す気にはなれなかった。気がかりな思いから心をそらすようにスカールは尋ねた。

(ヴァラキアにむかっていると言ったな。あとどれくらいで着くのだ)

(ときどき降りて休息をとらねばなりませんので、いまの進み方からしてあと三日はかかるものと思います)と琥珀は言った。

(鷹が星の子を想うお気持ちはわかります。どうぞお心やすくお待ちください。星の子は弟君とともに元気でいます)

それを最後に、琥珀の声は聞こえなくなった。それでもしばらくはこめかみに手を当てじっとしているスカールに、じれたようにザザが声をかけてきて肩を揺すった。

「ねえ、鷹、鷹ったら。いったいどうしたっていうのさ。急に難しい顔して」

スカールは目を開けた。

「スーティが戻ってくる」

「え？」

ザザは目をぱちくりさせた。

「本当だ。琥珀が俺に呼びかけてきた。いまグラチウスの力で空を飛びながら、ヴァラキアへむかっているとのことだった」

「空を飛んで！」

ザザは目を白黒させて、

「そりゃあ、空を飛ぶのはあたしの専売特許だってわけじゃないけど、そりゃまた、えらい手段で帰ってくるもんだね。グラチウスがまたよくそんなことをおとなしくやってるもんだ」

「俺もそう思うのだが、琥珀は自分がきちんと首根っこを押さえているから――まあ、この通りの言い方ではないが――大丈夫だと言っていた。しかしそうすると、あわてて船に乗ってしまわなくてよかったと言うべきかな。行き違いになってしまうところだった」

「ほんとにそうだね。けど、うまいことドリアン王子は助け出したのかい？　そこらへんのことはうまくやったのかね」

「大丈夫のようだ。俺としては追っ手が気になるのだが——琥珀はそれも気がかりはないといっていた。あの精霊の力がどのくらいあるものかは知らんが、その言葉が本当であるよう祈るしかない。少なくともヴァラキアへさえ帰りついてきてくれれば、フロリーも安心し、俺もいささか胸を落ち着けることができるのだが」

「そうだ、フロリーさんだよ。彼女にスーティが戻ってくることを知らせてあげた方がいいんじゃないのかい？　さぞかし心配しているんだろう。お母さんとしては生きた心地もしてないにちがいない」

「ああ、それは——そうだな」

　スカールは頭を振り、ザザを後ろに従えてはたごのほうへと戻りはじめた。ヴァラキアの港はたった今、人知れずもたらされた知らせも知らず、スカールの周囲で活発なにぎわいをみせていた。

　はたごの食堂にはほとんど人影もなかった。おおかたの客は昼間の用事に出かけているか、でなければ自分の部屋に引き取っているからしかったが、そのからっぽの卓の片隅に、酒の杯を前にして、ブランがじっとうつむいていた。スカールが入ってきたとき、その頭はかすかにぴくりともたげられたが、それ以上の動きは見せず、ただじっと杯の中身を見つめているばかりだった。

「ブラン。――スーティが戻ってくるぞ」

しばし、いたましげにブランのようすを見つめたあと、スカールはそっと言った。ブランはまばたき、うっそりと顔を上げたが、なにも言わなかった。スカールは声をはげまして、

「琥珀が俺に伝えてきたのだ。三日ほどすれば、スーティはヴァラキアに到着するとのことだ。ひどく心配させられたが、とにかく、何事もなくあの子が戻ると知れてよかったことだ、そうではないか」

「あ――ああ。それは」

ひどくのろのろとブランは言った。

「それは――よかった。フロリー殿もよろこばれることだろう。スーティが無事に戻るとは、これ以上よいこともない……」

「……」

それきり、あやふやに語尾を濁したまま、また杯の中に目を戻してしまったブランを、いたいたしげにスカールは見やると、そっとそのわきを通りぬけ、二階へと上がっていった。ザザが追いついてきて、心配そうに「すっかり気が抜けちまってるね」とささや

いた。

「スーティ坊やのことなんだから、もっと喜んでもよさそうなものなのに。そんなにカメロンって人が死んだのが痛手だったのかねえ」

「俺やお前の想像もつかないほど、強い絆がブランとカメロンの間にはあったようだからな」

ひくくスカールは返した。

「今はそっとしておいてやるしかあるまい。われわれ外の人間が何を言ってもブランの心には届くまい。彼がひとりでなんとか立ち直るのを待つしかない」

ザザは心配そうに振りかえり振りかえりしながらスカールについて階段を上った。

二階は両側に扉が並ぶようになっていて、午後のそうじに立ち働いている中年女が桶やぞうきんを持って忙しく動き回っていた。泊まり客がいない部屋は大きく扉が開け放たれていて、扉が閉まっている部屋は数えるほどしかない。そのうちのひとつにスカールは近寄って、軽く叩いたあと扉を開けた。中で、寝台にひじをついて祈りの姿勢をとっていたフロリーが、はっとしたようにこちらを向いた。ここ数日で、ひどく目が大きくなり、痩せてしまったように見える。ヤガに監禁されていたときからやせ細ってはいたが、スーティがどこへともなく——弟を助けるという理由ではあったが——姿を消してしまったということがわかってからというもの、フロリーは、ろくに食べ物も喉を通らないようすであったのだった。

「フロリー、スーティは無事だぞ」

スカールは手短にそう告げた。フロリーの大きな目がいっそう大きくなった。

「それは……本当ですの、スカール様」

「本当だ。ついさっき、俺に琥珀――スーティについている精霊から連絡が来た。スーティは無事に弟を救い出し、いま、このヴァラキアに向かっているそうだ。あと三日もすれば到着すると言っている。スーティが帰ってくるぞ、フロリー」

「ああ――！」

フロリーの目から涙があふれ出した。心痛の涙ではなく、純粋な喜びの涙だった。

「あの子が戻ってくる。本当に、スーティが戻ってきますの。わたし、スーティにはもう二度と会えないのではないかと思い始めていました」

「ばかなことを言ってはいけない。俺の失策で行き違いになってしまったが、あの子が大好きな母さまから離れることなどあるものか。救い出した弟を連れて、ちゃんとお前のもとに戻ってくるとも。もう少しの辛抱だ」

顔を覆ってフロリーはすすり泣きはじめた。ザザがそばへ寄って、抱きしめるようにして背中をさすって慰めた。

「さあさあ、泣くことなんかなんもないいんだよ。スーティだって母さまのとこへ戻るのを楽しみにしてるとも。ほんのあともうちょっとでかわいい坊やに会えるんだから、おっ母さんがめそめそしてちゃいけないよ」

「はい……はい……わたし……すみません」

フロリーはしゃくりあげながら何度もうなずいた。

「あの子が危険な目に遭っているかも知れないと思うとどうしても心が弱くなってしまって……スカール様、スーティは無事に戻ってきましょうか。怪我などしてはおりませんでしょうか」

「琥珀は大丈夫だと言っていた。ウーラもついているのだからスーティに傷などつけさせるわけがない。フロリーは何も心配せずに、あと数日だけ心静かに待っていてやればよい。じきにスーティは戻ってくるとも」

フロリーは鼻をかみながら何度もうなずいた。ザザがやさしく背をさすってやっているのを見ながら、スカールはなんとなく身の置き所のないような気がしていたが、フロリーが次第に落ちついてくるのを確かめると、ぎこちなくその頭に手を置いてやってから、向きを変えて、部屋を出た。

『鷹に連絡をしましたよ、星の子』

ふところの中から、琥珀はそっとスーティにささやきかけた。眼下を、広大なハイランド高地が通りすぎていく。赤い街道もこのあたりには見当たらず、ほとんど旅人も見えなかったが、もし歩いている人間がいて、それが頭上を見上げたならば、一羽の鴉が空の高いところをまっすぐ飛んでいると見たにちがいない。グラチウスはウーラに抱かれたスーティと、アストリアスに抱かれたドリアン王子を連れて、ぶつくさ言いながらもまっしぐらにヴァラキアへ向かって飛んでいる最中であった。

「たか……スカールのおいちゃん？　おいちゃんげんき？　スーティのこと、なんか言ってた？」

『戻ってくることをとてもよろこんでおられましたよ。きっとお母さまもお待ちかねのことでしょう』

「………」

スーティはぐっと唇を突き出して母さまというひと言に耐えた。弟が連れ去られるさまに夢中になって飛び出しはしたが、母が心配しているであろうこと、また、母の不在に心細い思いが募っていることも、また事実であったのだ。母さま、と小さく呟いたスーティに、アストリアスが目をやった。

「あのフロリーだったたな。お前の母は」

アストリアスは牢獄で衣類を奪われ、仮面も取られていたので、グラチウスが与えた衣装と覆面を代わりに身につけていた。しかし、なぜかドリアン王子はアストリアスになついて、ウーラに抱かれるよりもアストリアスに抱かれるのを選んだ。むしろ、アストリアスから離されるとしきりとむずかって泣き出すようなようすを見せたので、自然とドリアンの係はアストリアスということになっていたのだった。

「お前の母は、ドリアン王子のことも受け入れてくれるのか。同じイシュトヴァーン王の息子とはいえ、アムネリス様のお産みになった子だ。確か、気に入りの腰元だったが」

「母さま、スーティのおとーとにしらんかおしたりしないもん」

アストリアスの言ったことがわかっているのかわからないのか、きっぱりとスーティは言った。

「おとーと、母さまんとこいけば、ちゃんとしてもらえるもん。スーティが母さまのことまもるんだもん。スーティ、おとーとのことも、まもるよ」

「ええ、ぴいちくぱあちくと、うるさい雀どもが」

両袖を翼のように広げて先頭を飛んでいるグラチウスがふりかえってうなり声を上げた。

「他人の力に頼っている分際でうるさくしゃべりたててわしの集中を乱すでないわい。わしの力がなければそちらの醜い焼けただれ男まで連れて、えっちらおっちら人目を避けながら地上を行くしかなかったくせしおって」

「そのことについては大いに感謝している」

　グラチウスという老人がどんな人物であるかを正確には知らないアストリアスは律儀に礼を言った。ただ、力のある魔道師であるという証拠を目の前で見せられ、そのおかげで衣服や仮面の代わりの覆面まで与えられて、いささかならず恩義を感じていたのだ。黒魔道師である、ということも知らなかったので、ただ自分たちを助けてくれる力ある相手という認識でしかなかった。

「ご老人のおかげで俺はあの牢獄から救い出されたようなものだ。もしあなたがいなければ、今ごろ王子も奪い返されてあの地の底で責め殺されていたにちがいない。あつく礼を言う、ご老人」

「……ふん。ほかの奴らも、おぬしのように素直なものばかりならよいのだがな」

　グラチウスはまんざらでもなさそうに口をとがらせた。

「わしがなにをしてやっても何かたくらんでいるのだろうとか、どうせ悪いことを考えているにちがいないとか、口いっぱいに言い立てるばかりで満足に感謝もしてもらったことがない。おぬしのようにまっすぐに感謝をしてくれると心が安まるよ。わしだって善いことをしようという気は大いにあるのに、いつだってまわりのものが信じてくれぬのだものなあ」

　これを聞いたウーラは大きく鼻を鳴らしたが、その顔つきはいかにも、黒魔道師めが、なにをほざいているかといった風情だった。

　アストリアスは続けて、

「俺までも連れていってかまわないのか、坊主。ドリアン王子を連れ出したことで俺は追われる身だぞ。ましてや俺はこのような見かけだ。連れて歩けば怪しまれるのは目に見えているぞ」

「おとーと、おいちゃんのことすき」

　スーティにとっては、それで理由は十分のようであった。

「おいちゃんもおとーとのことすき。いっしょにいるのがいいよ」

「しかし、俺は……」

『あなたを同道することは星の子の精神安定にも重要です、ゴーラの赤い獅子』

　ふわりと琥珀が姿を現して口をはさんだ。

『わたしにとっては星の子の安全と安定が何より重要です。あなたの存在は星の子の弟君の安定、ひいては星の子の安定に関与しています』

「なんだかよくわからんが」

　アストリアスはため息をついて腕の中のドリアン王子を抱えなおした。王子はアストリアスの懐に抱かれて、すやすやと寝息を立てて眠っている。

「王子といっしょに俺も連れ出してもらえたことはとてもありがたく思っている。でなければ俺はあの牢獄で責め殺されるのを待つばかりだったのだからな。王子をお逃がしできたことだけを心の支えに……」

ふところのドリアンの顔をじっと見下ろす。

はたしてこれが正しかったのかとの迷いは今もある。ドリアンを旗印に押し立ててイシュトヴァーン王と対決させる、実の父親と戦わせるという運命から救い出しはしたが、そのために、よけいによるべない身の上へとドリアンを拉致し去ってしまったのではないのかという気持ちが消えない。

だがもう、自分は選んでしまったのだ。ドリアン王子ではなく、ただのドリアンとして——その「悪魔の子」という呪われた名もこの幼い子の肩にのしかかってはいるが——生きていく道をこの子の前に用意してやる、いとしいと思っている相手に囲まれた穏やかな日々を与えてやる、という道を。

(今はこの子が俺にすがってくれているという事実が……)

それがわずかに心を温めてくれる。あれほど恋したアムネリスの血がこの小さい身体に流れていると思うと、心臓から温かい血が溢れてこの子のほうへ流れていくのを感じる。いとしい、というのがこのことならば、確かに自分はドリアンをいとしいと思っているのだろう。

「おいちゃん、おとーとのことすき」

スーティがきまじめな顔をして言う。

「おとーとも、おいちゃんのこと、すき」

「ああ……そうだろうな……そのとおりならな……」

眠る子の髪に指を巻いてみて、その柔らかさに衝撃のようなものを感じる。親指を口に入れてちゅうちゅうと吸いながら眠っているドリアンは、母親似の緑の瞳を閉じているると、驚くほどあどけなく愛らしかった。黒い、濃いまつげがふっくらした頬の上に影を落とし、えくぼのある手はきゅっと握られてアストリアスの胸に当てられている。

2

ヴァラキア公邸の一室で、ロータス・トレヴァーンはヴァレリウスと向かい合っていた。終わったばかりの沿海州会議の結果を告げるためである。

「……否決——」

ヴァレリウスは大きくため息をついた。

「それでは、沿海州諸国はパロへの派兵を拒否されたのですね」

「ああ、そうだ。俺としてはそれで良かったのだと思っている。なんといっても、パロは内陸の国だ。沿海州の誇る海軍は使えない」

ロータス・トレヴァーンは黒い口ひげを撫でて息をついた。

「だが、問題はアグラーヤだ。ボルゴ・ヴァレンは、どうやら単独でパロ派兵に動くつもりだと俺はみている」

「私もです」

ヴァレリウスは腰掛けた椅子の中で居心地悪げに身じろぎした。

「ボルゴ王は、これは私の感触ですが、パロの古代機械に関心を寄せているように思われました。クリスタルがほとんどがら空きになっている今、イシュトヴァーン王を逐うことを口実にして、クリスタルに侵入することを狙っていると私は考えます」

「パロの宰相として、おぬしはどう思うな？　ヴァレリウス殿」

「ばかげていますよ」

ヴァレリウスはひと言で切って捨てた。

「古代機械はすでにヨナ博士の手で停止させられています。私たちの手でそれを動かすことができるとは思えませんし、もし動かせるとしても、それはグイン王以外の人には無理だろう、という気がします。これは私がパロで見た奇妙な出来事によるものですが。ましてや古代機械の操作方法は、代々古代機械に選ばれたたったひとりのマスターにしか伝えられていない。ボルゴ王はパロ王家の血が入っていれば動かせると考えておいでのようですが、それは無理であるとしか言うことができません」

「まあ、アルミナ姫がパロ王妃である以上、最低限の表向きの理由は整っているわけだが」

ロータスは頭を振った。

「ボルゴ王はイシュトヴァーン王と、その背後にいるキタイのヤンダル・ゾッグなる人外の魔道師の脅威を前面に押し出してきたが、魔道というものがあまり受け入れられていないこの沿海州ではちと無理があったようだな。俺にしたところでその、クリスタルを襲った竜頭兵とやらいうものにそれほどの信がおけるとは考えておらぬ——その、竜頭兵に追われてクリスタルを逃げ出してきたというおぬしには申し訳ないことだが」

「いいえ。実際に見ておられぬ方には、確かに信じがたい話だとは思っておりますよ」

　ヴァレリウスはかすかに身を震わせた。

「私でさえ、今でもなかなか信じがたいと感じているところはありますからね。……信じがたい、というより、信じたくない、というべきかも知れませんが」

「それほどまでに凄惨なありさまだったか」

「凄惨もなにも。あれほどの非人間的な虐殺の光景は、私は二度と目にしたくございませんよ」

　目を閉じたヴァレリウスの脳裏にクリスタルの惨劇が蘇る。緑色をした鱗の怪物につぎつぎと食いちぎられ、引き裂かれていった人々の絶叫と血しぶきがまざまざと目に浮かび、ヴァレリウスはぶるっと身を震わせた。

「あれが沿海州に襲いかかるかもしれないと言われれば確かに私も危機感を感じます。が、今のところキタイの竜王が沿海州に手をのばす理由は薄い。であれば、クリスタルに盤踞（ばんきょ）するイシュトヴァーン王と、その背後に控えるゴーラに注意を払うほうを重視するのはもっともなことです」

「現実的に危険なのはイシュトヴァーン・ゴーラだからな。いかにカメロンが死んで混乱しているといっても、その軍事力には無視できないものがある。今のゴーラに攻めてこられては、陸兵をほとんど持たない沿海州諸国はひとたまりもない」

「うーむ」

ヴァレリウスは唸って椅子の中に深く沈み込んだ。

「ボルゴ・ヴァレン王はあくまでクリスタルに兵を出すつもりらしいですが」

「せめてイシュトヴァーン王がクリスタルを出ていってからにしてほしいものだ。アグラーヤがパロへ出兵するのは勝手だが、それでゴーラを沿海州へ引きつけられてしまうのは困る」

「それをボルゴ王におっしゃってみられましたか」

「まだだが、言うつもりだ。古代機械か何か知らんが、とにかくゴーラの気を引くようなことは、沿海州全体を巻き込む危険性がある以上させられん」

「失礼いたします」

その時、小姓がおずおずと顔を見せた。

「ただいま、ボルゴ・ヴァレン陛下が、ロータス・トレヴァーン閣下に会談を申し込みにきておられますが」

「ちょうどいい。ここに通せ」

ロータス・トレヴァーンは言った。

「俺もちょうど話したいと思っていたところだ。そこまで来ているのであろうな？」

「はい」

「私は退出いたしましょうか。ロータス様」

「うむ？　いや、いい。そのまいてくれ。もしボルゴが嫌がるようなら下がってもらうしかないが、パロ関係のことであれば、おぬしにも聞く権利はあるだろう」

腰を上げかけたヴァレリウスはまた椅子に腰を落とした。ややあって、小姓に先導されたボルゴ・ヴァレンが急ぎ足に部屋に入ってきた。今日は黒い詰め襟の上着に短いマントを着け、ぴったりとした黒い足通しに金糸の飾り帯と飾り剣をつけて、磨き上げられた長靴を履いている。

「ロータス・トレヴァーン殿」

胸に手を当てて礼をする。

「会談を受け入れてくれて、礼を言う」

「別にかまわぬ。私も、あなたに話したいことがあったところだ」

小姓が運んできた椅子に腰を落ち着けて、ボルゴ・ヴァレンはロータスを真正面から見た。

「ヴァレリウス殿とは面識がおありか。もし具合が悪いというのであれば、ひきとってもらうが」

「いや、かまわぬ。いずれヴァレリウス殿にも話さなければならないことだと思っていたのだ。ここにいてもらってくれ」

小姓が運んできたカラム水の杯をかたむけて唇を湿らすと、ボルゴ・ヴァレンは両手を組んで身を前に乗り出した。

「実は相談なのだが。ドライドン騎士団を、アグラーヤにお貸し願いたい」

「ドライドン騎士団を……？」

ロータスは面食らった顔で、

「ドライドン騎士団は別にヴァラキアのものではないぞ。あれはゴーラで結成されたカメロンの私兵集団のようなもので、私に申し入れられてもはいと言えるようなものではないが……」

「だが、中枢がヴァラキア人で占められているということであれば、多少はロータス殿の声も届くだろう。ゴーラで結成されたとなればよけいに都合がよい。私はな、ロータス殿、彼らにクリスタルへ行ってもらって、イシュトヴァーン王の排除に動いてもらいたいと思っているのだ」

「ドライドン騎士団に？」

ロータスの声が大きくなった。

「そうだ。かれらは盟主であるカメロンをイシュトヴァーン王に殺されたことでイシュトヴァーン王を恨んでいるだろう。もともとゴーラで結成された騎士団であれば、イシュトヴァーン王を排除したところで沿海州には関係がないと言える。ドライドン騎士団をクリスタルへ派遣し、都のようすを偵察してもらうと同時にイシュトヴァーン王をできるならば排除してしまえれば、ゴーラの脅威はとりあえず沿海州から遠くなる」

「お待ちください、ボルゴ・ヴァレン陛下」

ヴァレリウスが伸びあがるようにして言った。

「横から口をはさむことをお許しください。それでは、アグラーヤはクリスタルへの出兵を見送るということでよろしいのですか？」

「見送るとは言っていない」

ボルゴ・ヴァレンはずるそうにヴァレリウスをすかし見た。

「イシュトヴァーン王の存在が沿海州にとって危険であれば、沿海州に関係のない軍によって排除してもらえばよいだけだ。もちろん、それまでに王がクリスタルを出ていれば問題ないのだが」

「ドライドン騎士団の主を思う心を利用するようで気に入らんな」

ロータス・トレヴァーンはにがい顔をしていた。

「ドライドン騎士団はあくまでカメロンを主とするものであるから、私の命令を受け付ける義理はない。ボルゴ殿が呼びかけて、彼らが応じるようならそれを私が止める権利はないが」

「では、ロータス殿はドライドン騎士団のクリスタル派遣に関しては反対せぬ、ということでよろしいですかな」

「反対せぬ、というより、反対したところで彼らが受け入れれば押さえつけるすべはない、ということだろう」

ロータス・トレヴァーンは苦々しげにそう言った。

「個人的にはあまり気に入らん話だ――が、騎士団が応じるならば仕方がなかろう。ボルゴ・ヴァレン殿、話というのはそれだけかな」

「さよう――ドライドン騎士団を派遣するのであれば、一応はロータス殿にも断っておかねばと思ったものでな」

顎をなでながらボルゴ・ヴァレンはうなずいた。

「クリスタルへ軍を出すことを軽々しく考えているわけではない。沿海州会議で否決されたことは重く受け止めている。アグラーヤは沿海州では大国だが、ゴーラに比べればごく弱小でしかないし、陸兵が少ないというのも確かだ。ゴーラと事を構えたくないのはアグラーヤも同じ」

「だが、それでもあきらめはなさらないとおっしゃる」

非難をこめたヴァレリウスの言葉にも、ボルゴ・ヴァレンはひるまなかった。

「わが娘が王妃として嫁した国ですからな。いつまでもキタイの魔道師の蹂躙にまかせておくことはできますまい」

「はたしてそれだけが理由でおいでなのですか？」

「それ以外に何があると？」

「古代機械は現在、完全に機能を停止しておりますよ」

突然飛びだしてきた「古代機械」の言葉に、ボルゴ・ヴァレンはむしろ鼻白んだような表情で視線を上に向けた。ヴァレリウスはずいと膝を進めて、

「陛下が何を目的としているか、わからない私だとお思いですか。お気の毒ですが、古代機械は今、完全に機能を停止していて、人間の手では二度と動かすことはできはしませんよ。もとより陛下はパロ王家の血が入っていれば古代機械が動かせるとお思いのようですが、古代機械が選んだマスター以外には機械を動かすことはできはしません。そして、さきの内乱のおりに古代機械は完全に作動を停止しました。それは誰に訊いていただいても、なんならご自身で行ってたしかめていただいてもけっこうです。結界に守られた今のクリスタル・パレスにお入りになれればですが」

ボルゴ・ヴァレンはむっつりと口を閉ざしている。

「何の見返りもなく兵を出していただこうなどと思ってはいませんよ。ただ、陛下が考

えていらっしゃるようなことはありえないと申しあげているんです。古代機械は動きません。誰が行っても同じことです。結界を突破してヤヌスの塔に入れたとしても、そこでぶつかるのは完全に閉じられた灰色の壁だけですよ。パロを取り戻すのに兵を出すと言っていただけるのは有難いですが、リンダ女王陛下が囚われていて、王宮の廷臣がたもどうなったかわからない今、安易に他国の軍隊を呼び入れることはそのままパロを他国の蹂躙にまかすことになりかねない。イシュトヴァーン王が、アグラーヤの軍隊に代わるだけかもしれない。宰相として、私はその状態を見過ごすわけにはいかないんですよ」

「パロを征服するかのような言い草は失礼だな。アグラーヤはあくまで同盟国としてパロの窮状を救うのだというのに」

「リンダ女王陛下がどうなっておられるかわからない今、軍を首都に入れることは国を明け渡すのと同様です。国民も、廷臣も、軍隊もなにもかもが消えてしまったパロでは、なにをされようと抵抗するすべがない、残念ながら」

「だからアグラーヤの派兵はやめてほしいと？」

ボルゴ・ヴァレンは手を上げて振った。

「なにもアグラーヤはパロを植民国にしようというわけではないよ。私はただ、娘が嫁入った国の窮状を見かねて人と物資を派遣しようという話だ。だからその前に、ドライドン騎士団の方々に偵察の任を果たしていただきたいと言っている。その際にイシュトヴァーン王を排斥してしまえれば好都合だというだけでね。

　古代機械のことに関しては、なんの話かな、というほかないな。もちろんパロの秘密の宝物として受けつがれた古代機械のことは知っているが、それが私にどう関係があるのかさっぱりわからんね。ものをある場所から一瞬にして別の場所へ移動させる機械？　そのようなものがあっては、沿海州のみならずあらゆる運輸が崩壊してしまう」

「では古代機械に関心はなく、あくまでパロへの義侠心から派兵なさると？」

「そう言っているはずだが」

「ではそう信じることにいたしましょう、一応ね。しかし、パロへの派兵が結局パロの征服を招くかもしれないという懸念は晴れません」

「それほど私が腹黒い男だとは思ってほしくないな、パロ宰相閣下」

「イシュトヴァーン王をもし逐うことができたとしても、ゴーラの脅威が完全に去るわけではないし、さらにその背後にあるキタイ勢力のことはどうなさるおつもりです」

「そのためにドライドン騎士団に先行してもらう。ドライドン騎士団がもしイシュトヴァーン王を斃すことに成功したとして、カメロンもいないゴーラ軍はそうすぐには体制を整えることはできないだろう。キタイの勢力に関しては現在クリスタルに存在するキタイ勢力をくぐり抜けることができればあとは遠方だ。操り人形のイシュトヴァーン王が斃されればそう簡単に次の軍勢を送り込んでくるわけにもいくまい」

「ドライドン騎士団がイシュトヴァーン王を斃せば、の仮定の話ですな。カメロンのいないゴーラが身動きがとれないだろう、というのも。キタイ勢力をくぐり抜けられれば、と簡単におっしゃいますが、とてもそのような簡単な相手でないことは私がこの目で見ています。なにより、ドライドン騎士団を斥候というよりは特攻隊のように扱われることは、ロータス・トレヴァーン様も快く思われないのではありませんか」

「ドライドン騎士団についてなにか言う権利は私にはないが」

ロータス・トレヴァーンはにがい顔をしていった。

「それでもヴァラキア人の多い騎士団が、いかに盟主の復讐に燃えているとはいえ他国の手先として扱われるのは気に食わんな」

「ドライドン騎士団に無理強いする気は私にもないよ」

ボルゴ・ヴァレンは口調をやわらげた。

「彼らに盟主の仇をうつ機会を与えるという話をするだけだ。彼らは独立独歩の騎士団で、私にしたところで彼らに命令することなどできないのだからな」

「その彼らの忠誠心を利用するような形になることはどうお思いなのですか」

「利用するとは人聞きが悪いな」

少々押され気味になりつつボルゴ・ヴァレンは、

「私は彼らにイシュトヴァーン王を斃す機会を与えるだけだ。その結果イシュトヴァーン王が斃れることになってもそれは自業自得というものだ。私はそのついでにクリスタルの様子を見てきてもらいたいと依頼するだけで」

「それが利用するということではないのですか」

「そう、それはそうなのかもしれないな。あなたがそう思うなら、宰相閣下」

いくぶん乱暴に言って、ボルゴ・ヴァレンは椅子から立ちあがった。

「とにかく、ドライドン騎士団にクリスタルへの遠征を依頼することにする。そこで彼らが何をするかは私の関知するところではない。ただ、クリスタルの様子を報告してもらい、アグラーヤの派兵に関する判断材料とさせてもらう。すでにドライドン騎士団には使者を送ってある。返答が来しだい、遠征のための資金や物資の手配に入る」

「お待ちください、陛下」

声をあげたヴァレリウスに、ボルゴ・ヴァレンはいやな顔をしてふりむいた。

「まだ、なにかおありかな、宰相閣下」

「ドライドン騎士団に、私も同行させてください」

「ヴァレリウス殿」

ロータス・トレヴァーンがぎょっとしたような声を出した。

「クリスタルにはキタイの魔道が待ち受けている。私も魔道師の端くれです。何の用意もなく魔道のただ中へ飛び込んでいくより、準備ができていいでしょう。それに、私はパロの宰相だ。宰相として、今現在のパロの様子を見ておく必要がある」

「しかし、危険だぞ、ヴァレリウス殿」

ロータス・トレヴァーンは気がかりそうに言った。

「おぬしはあそこから逃げ出してきたのではないのか。危険とわかっている場所に戻るというのか」

「私は、パロの宰相です」

ヴァレリウスは繰り返した。指が引きつるように動いて、何もはめていない左手の薬指を探った。

「リンダ女王がどうなっておられるのか、国民や国土がどうなっているのか、知っておかなければならない。イシュトヴァーン王を逐うにつけどうするにつけ、それは他人の手に預けておいていい仕事ではありません。私も行きますよ、ボルゴ・ヴァレン陛下。あなたがどうお思いか知りませんが、ドライドン騎士団だけをクリスタルに送り込むわけにはいきません」

「まあ、好きにすればよろしい」

ボルゴ・ヴァレンは多少不機嫌な調子で言った。

「確かに魔道師がいっしょにいればキタイの魔道師にも対応することができような。まあ私が止める筋合いでもなし、よろしい、好きにすればよかろう」

　ヴァレリウスは皮肉っぽく胸に手を当てて礼をした。

「非才ながら勤めさせていただきますよ。……ドライドン騎士団が暴走する可能性も考えれば、押しとどめるための人間がいた方が便利だろうとも思いますしね」

「ヴァレリウス殿――」

「ヨナ殿に関しては引きつづき身元の引き受けをお願いいたします、ロータス様」

　ヴァレリウスは言った。

「彼は魔道師ではない。私がクリスタルに戻ると言えばもしかしたらついてこようとするかもしれませんが、魔道師でもなく、戦うこともできぬミロク教徒のヨナ殿に、いっしょに来てもらうことはできない。ヨナ殿にはヴァラキアで待っていてもらうほかない。抵抗されるかもしれないが……」

「それは、むろんかまわんが」

　ロータス・トレヴァーンは落ち着きを取り戻して、

「しかし、本当にゆくのか？　キタイの魔道というのが話に聞く竜頭兵やそのようなものならば、魔道といっても剣で対応できるのだろう」

「それだけではございませんのでね。私に呼びかけてきたキタイの魔道師もあそこには待ち受けておるものと思います。魔道というものに対して無防備なヴァラキアの方々を、あのように危険な魔道師の待ち受ける場所へ無為にやるわけには参りません」

（それに……あそこにはあの方もいる……おそらくは——）

　左手の指がねじれるように痛む。

「では、決まりかな」

　ボルゴ・ヴァレンが決まりをつけるように手を叩いた。

「ドライドン騎士団とヴァレリウス宰相閣下はクリスタルへ出立する。どうなっているにせよ、クリスタルの現在の様子を確認し、それを報告する」

「クリスタルでイシュトヴァーン王を斃せ——とは、おっしゃらないのですね」

　皮肉げにヴァレリウスが言ったが、ボルゴ・ヴァレンは無視した。

「古代機械に関する話については誤解を与えたらしいことを謝罪しよう。私はただパロを救いたいだけで、それ以外他意はないと重ねて言っておくよ」

「まあ、もうそれについてはどうでもいいですがね」

　うっそりとヴァレリウスは呟いた。ボルゴ・ヴァレンは出されたカラム水を飲み干し、椅子から立ちあがると、丁寧に礼をしてひきさがっていった。ヴァレリウスとロータス・トレヴァーンは、お互いに目を見交わしたままそろってじっとしていた。

「ボルゴ・ヴァレンは、はたして本当にパロの征服を目指しているのだと思うか」

　ロータス・トレヴァーンがきいた。

「宰相としてはそれを恐れずにはいられませんね。リンダ女王のご無事が定かでない今、ドライドン騎士団はともかくとして、アグラーヤの軍がパロ救援を旗印にかかげてクリスタルに入れば、勢力として残っているカラヴィア公軍もたてまえとして反抗しづらい。なんといってもクリスタルは今は竜頭兵と魔道によって完全に抑えられているんです。そこに入っていったアグラーヤ兵がどうなるかは知りませんが、もし魔道の問題が解決すれば、アグラーヤは簡単にパロを押さえられるでしょう。抵抗するだけの力も人員も、今のパロにはまったくないのですから」

ボルゴ・ヴァレンが去ったあとの扉をヴァレリウスは暗い瞳で見つめた。

「古代機械に関しても——そう簡単に、あの方があきらめられたとは思いませんね。私が話したことは一言一句本当です。古代機械は動きを止めた。もう、誰の手によってもよみがえることはない。それは本当ですが、ボルゴ王がはたしてそれを信じられたのか、どうか——それはあやしいと、私は思っています。以前、カメロンどのの葬儀の折に交わした会話からすれば、ボルゴ・ヴァレン王はかなりの強さでパロの古代機械に興味を持っておいでのように感じました。まあ、いかに興味があっても、近づくこともできぬ今の状態では無駄だとは存じますが……」

ロータス・トレヴァーンは顎を胸につけてひくいうめき声をたてた。それはまるでパロという国の痛みを感じ、ともにこらえているかのような沈痛なものに聞こえた。

「クリスタルへ進軍するんだって?」

詰め所に飛び込んできたヴィットリオが大声で叫んだ。

忙しく動き回っていた団員たちは一瞬頭を上げたが、すぐにまたせっせと自分の仕事に没頭しはじめた。剣を磨くもの、鎧の手入れをするもの、糧食を数えて袋に入れるもの、ドライドン騎士団の詰め所は、今朝、ボルゴ・ヴァレン王の使者が訪れてから、活発な動きの中心になっていた。

ひっきりなしに従士の少年が飛びだしていき、荷物をかかえて戻ってきたり、何か連絡を取ってきたりと出たり入ったりする。騎士たちも同様に、急ぎ足に出入りし、換え馬の手配をしたり、研ぎに出した剣の催促をしたりと、それまでの沈滞した陰鬱な雰囲気がうそのように、全体が沸き立っていた。

ヴィットリオはまっしぐらに奥に入っていって、そこに頭をかたむけて何か書き物をしているアルマンドを見つけた。

「なあ、俺たちクリスタルへ出立するんだって、本当か!」

「そのようですね。先ほどボルゴ・ヴァレン王からの使者が依頼を届けてきました」

アルマンドは書面から目を離さずに答えた。

「私たちドライドン騎士団にクリスタルへ進発して、現状の確認と接敵した場合の敵の排除を、と……まあ、沿海州会議でクリスタル出兵を否決されたアグラーヤの、国に属しない騎士団による偵察というところでしょう。とにかく、目下の問題だった遠征資金もこれで解決します。ボルゴ王は先発隊としてドライドン騎士団が必要とする資金をすべて受け持つということですから」

「そんなことはどうでもいいんだよ！　クリスタルへいける！　イシュトヴァーンのいるクリスタルに！」

拳を手のひらに打ちつけながら、ヴィットリオは興奮してあたりを歩き回った。

「ボルゴ・ヴァレン王に感謝だ！　俺たちにカメロン卿のかたきをとらせてくれようっていうんだな！　イシュトヴァーンめ、待ってろ！　俺たちがそっ首たたき切ってやる！」

「クリスタルへ行ってもイシュトヴァーン王に首尾よくまみえるとは限りませんよ。あまり興奮しないようになさい」

そう言いながらもアルマンドの青い目にも、隠しきれない興奮が浮かんでいる。

「いったんヴァーレンまで船で行って、そこから赤い街道沿いにオルゲイ、ゴレンから、ドラス連山を越えてアルムトへとたどる道だそうですよ。いずれにせよ、長旅になります。浮かれておらずに、あなたも準備にかかりなさい、ヴィットリオ」

「言われなくたってな！」

それでもじっとしてはいられないようで、ヴィットリオはしきりに拳を手のひらに打ちつけながらまた外へ出ていってしまった。アルマンドは微笑みながら、また書面の上にかがみ込んだ。今ヴァラキアにいるドライドン騎士団員の名前が一覧表になって書かれていた。

カメロンのなきがらを守ってクリスタルを出たあとちりぢりになったドライドン騎士団だが、自分の故郷へ帰ったものや、妻子があってそちらへ戻ったもの以外はヴァラキアへ集まってきている。ほとんどはヴァラキア時代からカメロンの身近で働いていたものばかりで、今のところ百五十名ほどがヴァラキアに戻ってきていた。ほぼ騎士団初期の中核を担っていたものたちである。その分カメロンへの忠誠心も篤く、イシュトヴァーンに対する恨みも深かった。

アルマンドはヴァラキアの出ではないが、カメロンという人物に対する尊敬と愛慕の念は人一倍あると自負している。ヴィットリオなどもそうである。カメロンを殺したイシュトヴァーンへの復仇の念は強い。カメロンのなきがらを故郷へ帰すという目的でクリスタルを出てから、イシュトヴァーンのことは片時も忘れたことはない。

いつか必ず仇をとる――その思いは、ドライドン騎士団全員に共通した思いだ。その機会が、思っていたよりも早く訪れそうな具合になってきたのだ。ヴィットリオはじめ、団員が沸き立つのも無理のないところだろう。

むろん遠いパロへとたどり着く前にイシュトヴァーンがクリスタルを出てしまうことも考えられなくはないのだが――アルマンドはあえてそのことを考えないことにしていた。イシュトヴァーンはほぼ単身でクリスタルにいる。もしクリスタルを離れ、ゴーラに帰国してしまえば、イシュトヴァーンを狙う機会はほぼなくなると言ってよい。ゴーラ軍の分厚い兵力に囲まれてしまえば、ドライドン騎士団程度の兵力でイシュトヴァーンを狙うことはできない。カメロンの仇を討つためには、イシュトヴァーンがクリスタルにいる間に対峙しなければならないのだ。

アルマンドはペンを動かすのをやめてわきに置いた剣をとった。彼の目印にもなっている楽器とともに、身近から離したことのない愛剣である。

鯉口を切って刀身を出す。磨き上げた刃は白く光ってアルマンドの顔を映した。

「カメロン卿……」

祈るようにアルマンドは額を柄にあてた。

「待っていてください。必ず、イシュトヴァーンの首を上げてみせます。あなたのために。どうぞ、心安らかにいてください……」

忙しく行き交う騎士たちの中で、アルマンドは大海のドライドン神のみもとにいるはずのカメロンに、しばらく身じろぎもせず、遠い祈りを捧げていた。

3

「いや。あたしも行くよ」

「アッシャ……」

「いや」

　ヴァレリウスは困ったように顎をかいた。

　目の前ではアッシャが、ふてくされたように首を曲げて下唇を突き出している。ヴァレリウスがクリスタルへ出立することを告げ、アッシャにはヴァラキアに残ってこのまま魔道師の修行を続けるように言いつけたのだが、言下に拒否されてしまった。

「師匠の命令だぞ、アッシャ。従えないのか」

「だめ。従えない。だってお師匠、クリスタルにはあの竜頭兵がいるんだよ。あたしの父さんと母さんを殺した、あいつらが。あいつらのいるところへ行くんなら、あたしも行く。大丈夫、もう暴走はしない。でも、置いて行かれるのは絶対いや」

「アッシャ、お前はまだ未熟だ。クリスタルで待ち受けているキタイの魔道に対応するには俺でさえ力不足かもしれない。そんなところへお前が行ってどうすると言うんだ」

「だからだよ。あたしはお師匠の道具でしょ？　いつかみたいに、あたしの魔力をお師匠が使えば、お師匠の力以上の魔道が使える。あたしを魔力の貯蔵庫だと考えてくれればいいんだよ。あたしはお師匠の道具なんだから、なんにも言わない。文句もたれない。だまってお師匠について行く。それならいいでしょ」

「だめだ。お前はまだ……」

「危険だ、なんて話は聞かないよ。危険はお師匠だって同じことじゃないか。騎士様たちだってそうだよ。あれからまたどんな魔道が使われているのかもわからない。あたしのことは、足のついてる魔力貯蔵庫と思ってくれればいいんだ。迷惑はかけないよ」

「しかし……」

「……大丈夫。竜頭兵を見たって、二度と暴走はしない」

アッシャは少し笑って、黒い手袋で覆われた右手をなでた。

「あたしにはそんなことしていられる資格も権利もないしね。……お師匠、あたしのことは気にしなくていいよ。ただの魔力の貯蔵庫、それだけでいい。それ以上は何も望まない。けど、クリスタルには連れてって。お師匠、まだ身体が十分じゃないでしょ。あたしがいないとまた、無理して身体を壊すことになるんだから」

「………」

　ヴァレリウスは押し黙った。確かにまだ、身体の回復は十分であるとは言えない。日常の生活には問題ないほどにはなったし、ヴァラキアに入って材料が手に入るようになったおかげで魔道師食も作れるようになり、かなり以前の身体を取り戻してきたが、まだ長い行軍や激しい魔道戦に耐えられるかどうかとなると、いささか心もとない。そんなとき、大きな魔力を持ち、また気の回るアッシャがそばにいてくれることは、確かに助かることには間違いないのだが——

（まだ俺も甘い、ということかな……）

　まだほんの十四、五であるアッシャを危険な場所へ連れていくことに反射的に忌避感を覚えてしまうというのは、人として仕方のないことかもしれない。だが、人としての気遣いがどうだと言っていられないほどに、事態は深刻なのだ。

　アッシャは腕を組み、下からにらみ上げるようにしてこちらを見つめている。いかに説得されようと動かない構えだ。ヴァレリウスはため息をついた。

「……わかった。連れていこう」

「ほんと!?」

「ああ。その代わり、着いてこられなければ置いていくし、もし力を暴発させれば容赦なく消す。それは頭に置いておけ。お前が着いてこられるのはあくまで俺の道具としてだ、魔道師としてじゃない。おまえはまだまだ魔道師にはほど遠い」

「わかってる、それでいいよ。ありがとう、お師匠」

しっかりとアッシャはうなずいた。黒い手袋の右手と、生身の左手をしっかりと組み合わせ、祈るような姿勢でヴァレリウスを見上げる。ヴァレリウスは妙な気恥ずかしさを覚えて、横を向いてぶつぶつと口ごもった。


ブランにクリスタル遠征の知らせがもたらされたのははたごの食堂でだった。訪ねてきたマルコが、杯を前にして動かないブランの耳もとに、囁くように告げたのだ。

告げられたブランは大きく身体を跳ねさせた。陰鬱にうなだれていた顔にみるみる血の色が上り、瞳はぎらぎらと輝きだした。彼は飛びつくようにマルコの胸元をつかんだ。

「それは、本当か」

うなるように彼は尋ねた。

「クリスタルへ――イシュトヴァーンのいるところへ、行けるのか」

「アグラーヤのボルゴ・ヴァレン王からの依頼だ」

マルコの声は静かだったが、その瞳にはブランと同じく、ぎらぎらとした強い光が宿っていた。

「おやじさんの仇がうてる――」

絞り出すようにブランは呟いた。拳がゆるみ、マルコの襟を離す。

「イシュトヴァーンの畜生をぶっ倒すことができるっていうのか」

マルコは燃える目をしながら静かにうなずいた。ブランは拳を握りしめ、激しく机を叩いた。他に数人いた客がぎょっとしたようにこちらを向いたが、ブランは意に介さなかった。

「行くぞ。すぐ行く。イシュトヴァーンのくそったれめ。おやじさんを殺した代償を払わせてやる。待っていやがれ、くそ、俺は——」

「あの、スーティとかいう子供のことはいいのか」

ぎくっとしたようにブランは身を引きつらせた。マルコは鋭い視線をブランにあてている。

「スーティ……」

「イシュトヴァーンの息子なのだろう？　お前はずいぶん気に入っているみたいだが」

「あ、ああ……だが……」

「イシュトヴァーンを殺すということは、その子供の父親を殺すということだ。構わないのか？　ためらいはないのだろうな？」

食い入るように見つめるマルコの瞳に、ブランは逃げるように視線をそらした。

「スーティは……スーティは、関係ない」

「関係ない？　本当にそうか？　あの子供にイシュトヴァーンの血が入っていることは

確かなのだろう。その父親を殺すとなったときに、ためらわないとお前は本当に言えるのか？」

「俺は――！」

水から上がった犬のようにぶるっとブランは身を震わせた。額に薄く汗が浮いている。

「俺は……俺は……スーティは、おやじさんから命令を受けて保護しようとしていた子だ。あの子は可愛いと思う。だが――おやじさんを殺されたことと、そのことは別だ。あの子だってイシュトヴァーンのことを父親だなんて知っちゃいないし、思ってもいないだろう。俺は――おやじさんの仇をうたなきゃならない……」

「そうだ。俺たちは仇をうたなきゃいけない」

マルコはがっしりとブランの肩に手をかけた。

「俺はすぐ近くにいながらおやじさんを守れなかった。そばにいなくちゃいけないときにいられなかった。その償いをしなくしちゃいけない。俺はあのイシュトヴァーンのそば仕えを長いことしていた。しちまっていた。その償いもしなくちゃいけない。イシュトヴァーンに血の負債を払わせなくちゃいけない」

「スーティ――」

うめくようにブランは言った。

「あの子は……イシュトヴァーンとは無関係だ。フロリー殿がそのように育てた……俺がイシュトヴァーンを殺したところで気にはしないだろう……だが、父親……あの子にとってはたったひとりの父親を、俺は——」

「考えている暇はないんだ、ブラン」

マルコは夢魔のようにブランにすり寄ってささやきを耳に落とし込んだ。

「ぐずぐずしているうちにイシュトヴァーンがクリスタルを出てしまうかもしれない——そうしたら、直接イシュトヴァーンを狙うことは難しくなる。イシュトヴァーンがゴーラ軍と合流すれば、ドライドン騎士団程度ではその包囲を切り崩すことはできない。今しかないんだ、ブラン、イシュトヴァーンを斃しておやじさんの仇をとる機会は」

「俺は……」

「行こう、ブラン」

ブランの肩にかけた手を、マルコは軽く揺すった。

「団員たちが続々と集まってきている。お前もおやじさんの右腕として、イシュトヴァーンへの恨みはあるだろう。その恨みを晴らすには今しかない——今しかないんだ、ブラン。クリスタルにイシュトヴァーンがいる、今しか」

「……」

ブランは硬く目をつぶって暫し何かに耐えるような様子を見せた。それからやおら立ちあがって、ふところから取りだした数枚の銅貨を叩きつけるように置いた。からになった杯が飛びあがって跳ねた。

「さあ、行こう、ブラン」

マルコは肩を抱くようにしてブランを支えた。

「イシュトヴァーンに奴の手を染めた血の意味を教えてやるんだ。俺たちがそれをやる。あの殺人王――流血の僭王に思い知らせてやるんだ。俺たちが」

マルコに寄りかかるようにして、ブランはふらふらとはたごを出ていった。酔いだけではなくその足取りはおぼつかなかった。スーティの無邪気な顔がその脳裏を往来し、それが、ヴァラキア時代のカメロンの、日に灼けた精悍な笑顔に変わった。

馬を引いた騎士たちが続々と詰め所に集まってきているころ、ファビアンは、にぎわうかもめ通りの表をぬけて、細い裏道にぶらぶらと入っていった。

ほかのドライドン騎士団員がクリスタル遠征に向けて沸き立つように準備をしているというのに、彼はまったく騒ぐ様子も見せず、ゆったりと口笛を吹かんばかりの様子で左右に並ぶ店を冷やかしながら、裏道を歩き抜け、表から一本引っこんだ、しもた屋の並ぶ通りへとすたすたと入っていく。

ここには表通りの賑わいはなかったが、その代わり、人々の落ちついた暮らしのさざめきがあった。住居の二階から白い敷布をふるって干している女もいれば、どこからか泣く子供をあやしているらしい歌声も聞こえてくる。何人かの子供が歓声をあげて駈けぬけていく。走り抜けていく子供らを軽くかわして、ファビアンは、こぢんまりとした一軒の家に近づいて、戸を叩こうと拳をあげた。

ちょうどその時、扉は内側から開いて、半白の髪と髭の男が姿を見せた。背中はぴんと張り、体格は若い者にも負けずたくましい。騎士の鎧を身につけ、胸にはドライドン騎士団の紋章が刻まれた長衣を身につけていた。ファビアンはそういった印を何もつけていなかったが、ファビアンの顔を見たとたん、男の顔から血の気が引いた。

「お前は……」

「こんにちは、アストルフォ殿」

ていねいにファビアンは挨拶した。男はドライドン騎士団のカメロンのなきがらを守った七人のうち、もっとも年かさだったアストルフォだった。自分を口利きしてドライドン騎士団に入れてくれた相手だというにもかかわらず、ファビアンは、ばか丁寧に挨拶しただけで、それ以上うやまう様子を見せなかった。

「こんなところで奇遇ですね。私はちょっと女友達の家を訪ねるつもりだったのですが、アストルフォ殿は、いったいどういったご用件で？」

「私……わしは――」

「どうなさいました？」

家の中からいぶかしげな声がして、ひとりの娘が前掛けで手を拭きながら外へ出てきた。

美しい娘だった。長い栗色の髪が肩に流れおち、ぽっと紅の差した頬はまるくなめらかで、長いまつげの下にヴァラキアの海のように青い瞳がきらきらと輝いている。ふっくらとした唇は赤く、にこやかな曲線を描いていた。かわいい丸い鼻にはうっすらそばかすがあって、いきいきした印象をより愛らしいものにしていた。

「あら」

ファビアンを見ると、娘は嬉しそうに相好を崩して、

「ファビアン様じゃありませんか。まあ、今日はなんて日でしょう、アストルフォ様がいらした同じ日に、ファビアン様もおいでだなんて。ちょっと待ってくださいな、アストルフォ様、お急ぎでないならもう一度お入りになって、少しお話でもなさっていってくださいましな」

「いや……わしは……」

「そうですよ、アストルフォ殿。せっかくですからご一緒させてもらいましょう。ミゼラさんもきっとお喜びですよ」

ぬけぬけとした顔でファビアンが言う。ちょっと待ってくださいね、と言って、ミゼラと呼ばれた娘が奥へ入っていってしまうと、アストルフォは突然目を怒らせてファビ

アンの胸ぐらをつかんだ。

「痛いな。なんのおつもりです、僕は何もしちゃいませんよ」

「何もしていないが聞いてあきれる」

アストルフォは食いしばった歯の間から絞り出すように言った。

「ミゼラに近寄るな。あのとき人質に取るようなまねをしておいて、どういうつもりだ。お前も、お前を雇っている者どもも、みな呪われるがいい」

「僕の主たちが何をしているかは僕の管轄の外ですからね。でもよかったじゃありませんか、ミゼラさんが元気そうで。なにかあったようには見えませんよ？」

「貴様……！」

「アストルフォ様？　ファビアン様？　なにかありましたの？」

奥からミゼラの声が聞こえてきた。アストルフォははっとしたようにファビアンを突き放した。ファビアンはよろめいて壁にぶつかり、襟を直したが、口元に浮かんだ人を小馬鹿にしたような笑みは消えていなかった。

「いや、なんでもない。なんでもない、ミゼラ」

あわてたようにアストルフォは言った。

「悪いが私は帰らなくてはならない。遠征が近いのでな。戻ってきたらまた訪ねてこよう。今日はこれで失礼する」

「そうなのですか？　残念です。せっかくいらしたのに、もうお帰りだなんて」

「代わりに僕がいますよ、ミゼラさん」

わきからファビアンが陽気に言った。

「僕じゃご満足いただけないかもしれませんが、そこらへんはどうか勘弁してください」

「あら、そんなことはありませんわ。ファビアン様」

ミゼラはにっこりわらって扉を内側に引いた。

「どうぞ、お入りくださいな。アストルフォ様、本当にもうお帰りにならなければなりませんの？　寂しいですわ」

「こちらこそ、ミゼラ。だがもう本当に行かねばならんのだ。帰ってきたらまた来るとしよう。ではな」

どこか無理をしているような笑顔をむけて、アストルフォはくるりと背を向け、逃げるように道を歩いていった。名残惜しそうに見送るミゼラに、ファビアンがそっと肩を叩く。

「さ、よければ僕を中へ入れてもらえませんか？　今日は持ってきたものがあるんですよ」

「まあ、なんでしょう？」

微笑みながらミゼラはファビアンを中へ請じ入れた。中はそれほど広くないがこざっぱりと整っており、床には手織りの敷物が敷かれていて、机やタンスの上に置かれた花瓶には小花が生けられ、家庭的な雰囲気が漂っていた。

「今、お茶を入れますから座っていてくださいましね。……なあに？　見せてくださるものがありますの？」

「そうですよ。まあ、こちらへ来てごらんなさい」

ファビアンは懐から小さな布包みを出して机の上に置き、丁寧に広げてみせた。ミゼラの目が大きくなり、次いで、みるみるうちに顔が輝いた。

「まあ、これは……」

「以前、お母さまの形見の首飾りを盗まれたとおっしゃっていたでしょう」

布をたたみながらファビアンは言った。

「その時に聞いたものとよく似た首飾りを、盗品の持ち込まれる店で見つけたものでね。もしかして、と思って、持ってきてみたんですよ。どうです？　お母さまのもので間違いありませんか？」

「ええ……ええ、これです！」

ミゼラは首飾りをとりあげて首もとにあて、踊るようにその場でくるくると回った。

ドライドン神の妻であるニンフを金でかたどり、さざ波のようにきらめく藍玉石（アクアマリン）を配した美しい品物である。

「確かにこれですわ……ありがとうございます！　でもどうして？」

「僕は、あなたのことをいつでも気にかけているんですよ、ミゼラさん」

優しくファビアンは言った。ミゼラはちょっと手を止め、それからさっと頬を染めた。

「わ——わたしのことなんて、ファビアン様、ご冗談は困ります」

「冗談じゃありませんよ。ミゼラさんのことはいつだって気になっているんです。僕にとっては、とても大切な人ですからね」

ミゼラはますます真っ赤になり、茶を入れるといってあわてて台所のほうへ引っこんで行ってしまった。ファビアンは微笑しながらその後ろ姿を見送っていたが、姿が見えなくなると、その笑みは吹き消されたように消えた。

「あの爺さんに会ったのは計算外だったかな」

ひとり呟く。

「まあ、こっちは彼女のことを抑えてるんだぞって知ってもらうためにはちょうどよかったかもしれないけど」

「お待たせしました。お茶ですわ」

ミゼラが茶器とつまみ物を載せた盆を運んできた。湯気の立つサルド茶に、種の入った焼き菓子が一山添えられている。

「カラム水のほうがよかったでしょうか。それとも、男の方でしたら、はちみつ酒か何かのほうが」

「お茶でかまいませんよ。やあ、おいしそうなお菓子だ」

朗らかに笑いながら茶器を口に運ぶファビアンの目には、今しがた浮かべたような影はみじんもなく、あっけらかんとした好青年の笑顔があるばかりだった。

4

三日後、にぎわう港から少し離れた人けの少ない浜辺で、スカールとフロリー、ザザはそわそわしていた。いよいよヴァラキアに近づいたので、もうすぐ到着する、と琥珀から連絡が届いたのである。

「スカール様、本当にスーティが戻ってくるのでございましょうか」

フロリーは心配と期待とがないまざったあまりに泣き出しそうになっている。スカールとしても頼りになるのは琥珀からの心話だけなので、うまく慰めてやることもできずにいっしょになってうろうろするしかなかったのだが、ザザがなんとか女同士としてなだめてくれるおかげでずいぶん助かっていた。

「心配するのはわかるけど、フロリーさん、騒いだって仕方ないよ。ウーラだってそばについてるんだし、スーティはきっと大丈夫だって」

「ザザさん――」

スカールは神経を研ぎ澄ましながら空の彼方に目をこらしていた。琥珀の連絡からすれば、もうそろそろ見えてきてもいいはずだ。

「お……」

つい、声が漏れた。一羽の黒い鴉が、妙に意志を感じさせるまっすぐさでまっしぐらにこちらに飛んでくる。と、見ている間に、その鴉の姿がぶれて、白い道服をなびかせた老人を先頭にした集団と二重写しになった。鴉と人間の二重写しはまっしぐらにこちらに降りてくる。

「フロリー！　ザザ！」

スカールは思わず声を立てて二人を呼んだ。二人ははっとしたように空を見上げたが、まだ鴉の姿しか見えないようでけげんな顔をしている。二重写しに見えるのはスカールが、琥珀と連結関係にあることが何か関係しているらしい。きらりと金色の光が広がり、褐色の肌に銀色のたてがみめいた髪をした巨漢に肩車されたスーティが、顔の見えるところまでおりてきた。

「おお、スーティ！」

ようやく本体を認めたのか、フロリーが泣くような声をあげた。両手をあげて、降りてくる集団のところへ駆け寄っていく。

道服の裾をなびかせたグラチウスに、褐色の肌に銀髪の男がスーティを肩に乗せ、それに、頭から深くフードを被(かぶ)ってマントで身体を覆った人物が、もう一人幼児を抱いている。スカールも思わず前に出た。だがグラチウスと、見知らぬ二人の男のために剣に手をやることは忘れない。

一同はふわりと地面に降り立った。スーティは銀髪の男の肩からするりと飛びおりると、「母さま！」と叫んで、いっさんにフロリーに向かって駆けてきた。フロリーの伸ばした両腕の中に、倒れ込むようにして飛び込んだ。わっと泣き声が上がった。

「母さま。母さま、母さま、母さま」

「スーティ。スーティ、おお、坊や、わたしのスーティや」

ぐいぐいとフロリーの胸に頭を擦りつけてしゃくりあげるスーティの姿に、スカールとザザもつい涙するところだった。これほど長く母から離れたことのなかったスーティにとって、久方ぶりの母の胸はいかに温かかったことだろう。フロリーは無我夢中にスーティを抱きよせて、涙に濡れた頬で幾度も頬ずりしている。ふだんなら、子供扱いされてスーティもすねるところだったかもしれないが、これだけ離れていたあとではさすがにそんな気持ちも起こらなかったのだろう、スーティも、かたくフロリーの首にしがみついている。

そんな母と子の再会の図を、ぶすっとした顔で見つめている道服の老人――グラチウスと、銀髪の巨漢とマントの人物にスカールはようやく目をやった。グラチウスの首と両手首に、重そうな首輪と腕輪がはまっているのが見てとれた。

「どうやら、スーティには手出しはせなんだようだな、グラチウス」

冷たい声でスカールは言った。

「貴様のことだからスーティやドリアン王子にどんな悪事を働くかしれたものではないと思っていたが、何も手出しはしなかったのか。貴様らしくもないことだ」

「やかましいわい、愚か者どもめが」

にがい顔をしていたグラチウスは一気にかんしゃくを破裂させた。

「わしみたいな善良な年寄りを奴隷みたいにこき使いおって、その琥珀たらなんたらいう精霊も、そっちのがきも、みんな呪われちまうがいいわい。このグラチウス、八百年生きてこれほどの屈辱に遭ったことはないぞよ」

「善良な年寄りが聞いてあきれる。貴様が俺に何をしたかはけっして忘れんぞ、黒魔道師めが。イェライシャの助力でなんとか貴様の毒からは脱したが、おかげで俺は今でも半分ゾンビーのようなものだ。そのことを考えれば、たった今、ふたつに切られぬことを有難く思え」

『鷹、その老人には、私によってパワーの制御がかけられています』

金色の光がふわりと広がり、スーティの懐の中からにじむようにして琥珀が姿を現した。フロリーがびっくりして声を立てたが、スーティは慣れているらしく、母の肩に顔を埋めたまま頭も上げなかった。

燃える炎の髪と琥珀の肌をした幼女はふわりとスカールの前に飛んできて、グラチウスの首と両腕にはまった輪を指し示し、

『あの抑制装置がはまっている間は、闇の司祭の力はわたしの制御範囲内にあります。もともと彼の力が弱まっていたからこそできたことですが、少なくとも星の子とその弟君には、なにもすることができないようにわたしが監視していました』

「ウーラ、あんた人間に化けてんのかい？　また珍しいことをしてるもんだね」

ザザのほうは銀髪の男――むろんウーラである――に向かってそんなことを言っていた。ウーラは肩をすくめるような仕草をすると、フロリーにしがみついているスーティをまぶしそうな目で見やった。

「そちらのマントの男は何者だ？　抱いているのはドリアン王子か。フードをとって顔を見せろ」

黙ったままドリアンを抱いて立っているマントの男にスカールは言った。男はためらうようなようすを見せると、ドリアンを抱きかえ、空いた手でゆっくりとフードを後ろにはね、さらにその下につけていた覆面をとった。

ザザは驚きの声を飲みこみ、スカールも息を呑んだ。フードの下の男の顔は無残に焼けただれた火傷のあとで引きつれ、髪の毛すらもほとんど残っていない状態だった。潰れた耳殻が塵のように頭の横に貼りついている。目だけが落ちくぼんだ眼窩（がんか）の奥から光

って、見るも恐ろしい形相だった。

「俺は――俺は、旧モンゴール勢力から、スーティと皆に救ってもらった者だ」

絞り出すように男はいった。

「名はアストリアス……もとはモンゴールの赤騎士だった。ドリアン王子を誘拐する一味に加わっていたが、思うところあって王子を奪い取り、スーティと皆に渡した……俺がまだ生きているのは、スーティとご老人に助けられたからだ。恩に着ている」

「アストリアス」

まだ警戒は解かずにスカールはじりりと足を動かした。

「もとモンゴールの者か。そのモンゴールの者がなぜドリアン王子をさらう」

「説明してわかってもらえるかどうか心もとない。ただ、ドリアン王子を想ってのことだということはわかってほしい。俺はアムネリス様をお慕いしていた」

「イシュトヴァーン王を憎んでのことか?」

「アムネリス様を自害に追い込んだということは聞いた。それが真実であればイシュトヴァーンを恨まずにはいられない。だが、長いあいだ監禁されていて、火事に乗じてやっと逃げ出したがその時にこのような姿になってしまった。アムネリス様のご自害はその監禁されていた間の話で、直接見たわけではないが……」

「イシュトヴァーンを憎むのであれば俺と同じだ。愛する女を、いわば殺されたというのであればな。だが、モンゴールのものがなぜドリアン王子を連れ出すのかはまだ聞いていないぞ」

「……アムネリス様の御子が、モンゴールとゴーラの間で翻弄されるのが哀れであった、だけだ」

かみしめるようにアストリアスは答えた。

「ゴーラの王子宮から王子を誘拐したのは我々の仲間だった。だが俺は、愛情もなく政治の波に持ち上げられ振りまわされるドリアン王子が哀れだった。できるならば愛情のある手によってドリアン王子が育ってほしい、と思ったのだが……」

「母さま」

感激の対面を済ませたスーティとフロリーが、ようやくこちらへやってきた。スーティがフロリーの手を引っぱっている。

「母さま、スーティのおとーと。おとーと、わるいやつらから、たすけたよ」

「スーティの弟？」

フロリーはけげんな顔をしたが、わきからスカールが、

「アムネリス大公の子だそうだ」

と囁くとはっとしたように顔色を変えた。

「アムネリス様の……」

と進み出ようとして、アストリアスの無残な焼けただれた顔に息を呑む。しかし、ぐっと息をつめると、静かに、

「私が、お抱きしてもよろしゅうございますか」

アストリアスは腕に抱いたドリアンを、背をかがめてフロリーに渡した。ドリアンはアストリアスから離されて多少ぐずったが、フロリーのやわらかい胸に押しつけられると、びっくりしたようにぴたりと動きを止めて口を開けた。「おばたん……？」と心細そうに呟き、フロリーの髪に触れようとする。

「おばたん、だあれ……？　リアのこと、だっこ、しゅるの……？」

「アムネリス様のお子……」

そう呟くフロリーの目には涙が光っていた。

「本来ならわたしがお抱きする資格などないのでしょうけれど、それでも……そう、アムネリス様のお子様……それとイシュトヴァーン様の……そう……」

ひしと抱きしめると、ドリアンは少々苦しがって暴れたが、涙を浮かべたフロリーは離そうとしなかった。

「お名前は、なんとおっしゃるのですか」

「ドリアン様……と」

「ドリアン……『ドールの子』……いったい、誰がそんな名前を」

「アムネリス様ご本人だと聞いている。イシュトヴァーンを憎みに憎んだアムネリス様が、その恨みのせめてもを子の名前に刻まれたのだろうとのことだったが」

「そんな……」

フロリーは黒髪に緑の目の幼子を悲しげに見つめた。母からも愛されず、父親からも引き離された子供を、彼女はひしと抱きしめた。

「やけどのおいちゃん、おとーとをたすけだしてくれたよ」

スーティがぴょんぴょん跳び上がりながらフロリーの手を引っぱる。

「おとーと、わるいやつらにつかまってたんだよ。スーティ、おとーと、まもってあげたいよ、母さま」

「おお、スーティ……」

フロリーはそっと涙をぬぐって、スーティの頭に手を置いた。

「俺からも頼みたい、フロリー」

アストリアスはうつむき、両拳を握りしめた。

「かつておまえと息子に危害を加えたことはいくら謝罪してもしようがない。だが、お前もアムネリス様に仕えていた身として、アムネリス様の御子を放置することはすまいと思うのだ。このとおり、スーティは、ドリアン王子を自分の弟として大切にしている。どうか、お前にも頼む。ドリアン王子を、愛さぬ両親の代わりとして、育ててやってはくれまいか。俺のようなものが言っても、伝わらぬかもしれぬが……」

「お顔をお上げください、アストリアス様」

　フロリーは言った。ドリアン王子を抱き直し、顔をあげたアストリアスの焼けただれた肌にびくっとするが、恐れずに手をのばして、そっと頬に手を当てる。

「あなた様がドリアン王子を想われて王子を連れ出されたことはわたしにはよくわかります。まさしくそれと同じ理由から、わたしはゴーラの軍から逃げ回って、どこか小さな街で静かにスーティを育てようと思っているのですから。幼い子供をまつりごとの謀略やあらそいごとや、そのようなものの渦中に巻き込むことはできません。わたしにはわかります、あなたが、なぜドリアン王子を連れ出されたのか」

　ドリアンはむにゃむにゃ言いながらアストリアスに手をのばそうとしている。フロリーはそっとアストリアスにドリアンを手渡した。

「あなた様がドリアン様のお身を心から案じておられることはよくわかっております。でなければ、スーティが信用することはなかったでしょうし、あなた様もそのように危険を冒してまでドリアン様を連れ出すことはなさらなかったでしょう。以前のことなど、もはや気になさらないでくださいまし。わたしはアムネリス様に大きな罪を負っております。その罪を償うためにも、アムネリス様の御子をお育てすることは願ってもないことです」

「フロリー……」

アストリアスは抱いたドリアンを下におろした。ドリアンはよろよろとふらついて、どんと尻餅をついた。スーティが、「おとーと！」と元気よく言って手をのばしてドリアンの手を引っぱった。手を引かれて立ちあがったドリアンは、スーティに手を取られてよちよちと歩き、フロリーの膝へ倒れ込むようにぶつかった。

「ドリアン様……ドリアン」

ドリアンの黒い髪をなでながら、またちょっとフロリーは涙ぐんだ。

「アムネリス様……お気の毒に、そんな名前をお子につけるなんて、どれだけ苦しまれたのでしょう……本当は、わたしなんかが手を触れるのもおそれおおいお子だけれど、きっとこうなったのもミロクのおぼしめしなのでしょう。スーティと同じように、元気に、大きく――ただ正直にまっすぐに、育ってくだされればいいと信じます」

「ドリアン王子を引き取るのか、フロリー」

スカールが隣へ来て囁いた。

「はい。そうしようと思います」

フロリーはうなずいた。

「わたしはイシュトヴァーン様とあやまちをおかし、さらにはアムネリス様のおそばから逃げ出してしまうという大罪を犯しました。ドリアン様をお育てすることは、その償いとしても当然のことと思います」

「ゴーラ軍も、旧モンゴール勢力も、この沿海州まではなかなか手を回すことはできまい」

アストリアスは呟いた。

「ここでなら——ここでなら、ドリアン様は静かに暮らせる。モンゴールの大公として、またゴーラの王として押し立てられて、父親と対立しあうこともない……母親に愛されて、兄弟とともに育つことができる」

「あなたは、どうなさいますの、アストリアス様」

まっすぐな目で見つめられて、アストリアスはぎょっとしたように目をそらした。

「俺は——俺は、このような見かけだから、いっしょにいることはできない。どこか別の街へ行ってひっそり暮らそうと思う……モンゴールにももう戻れない。このような姿では人前にも出るわけにはいくまいしな」

「それではどうか、わたしのところにおいでくださいませ」

フロリーは言った。スカールとザザはそろって「なに？」「なんだって？」と声をあげた。アストリアスはもっと驚愕して「う？」と潰れたような声を立てた。

「何を言っているのだ。お前のような女子ひとりのところに、俺などいられるわけがないではないか」

「困っている方にお手助けをさせていただくのはミロクの務めです」

胸にさげたミロクの印の上に手を重ねて、フロリーは祈るような仕草をした。

「どこにも行く当てのない方を見捨てることはできません。それも、ドリアン様を助けてくださり、スーティを守ってくださった方です。ドリアン様もなついていらっしゃるご様子、どうぞわたしにお世話をさせてくださいませ」

「やけどのおいちゃん、母さまのとこくるか？」

この情報はスーティにとっては多少寝耳に水だったようで、ドリアンと両手をつなぎながら、むっとしたように母を見上げて頰をふくらませた。アストリアスは必死になってかぶりを振った。

「い、いや、そんなことはできん。俺とて男だ、女性の世話になるなど沽券にかかわる」

「スーティとドリアン様の世話をしていただいたお礼だと思ってくだされればよろしいのですわ。わたし、お針仕事をしたり小料理を作って売ればなんとか食べてゆかれますし、せめて寝る場所だけでも提供させていただければ」

「待て待て、フロリー」

スカールが見かねて声をかけた。

「あまりにも話を急ぎすぎるな。まだこのアストリアスという男もヴァラキアへたどり着いたばかりだ。もっと落ちついてから話をすればよかろう。今すぐに何でも決めなければならぬと言うものでもあるまい」

「それは、そうでございますけれど……」

「スーティとドリアンを二人かかえて、生活が立つかどうかもまだわからんのだろう。このヴァラキアならば確かに安全に暮らせるだろうが、女手ひとつで食う口をみっつも養うのは容易ではあるまい。アストリアス、おぬしは俺たちとともに来い」

自分が口を出さねば収まらぬと考えて、スカールはそう言った。

「その姿を隠す方法も何か考えよう。スーティはとにかく母のもとに戻ったのだ。よいか、スーティ、おいちゃんは約束を守ったぞ」

「スカールのおいちゃん……やくそく……うん」

スーティはにかっと歯を見せて笑い、スカールの服の裾をぎゅっと握った。

「母さまかえってきた……母さまぶじ。スーティと母さまいっしょ」

「そうだ、スーティ、母さまといっしょだ。長いこと離ればなれだったが、よかったな、スーティ。とうとう母さまと一緒になれたぞ」

「スーティ、母さまといっしょ」

満足そうにスーティは言って、ドリアンと結んだもう一方の手を振り動かした。

「おとーともいっしょ。スーティ、おとーとと母さま、まもるよ」

「おう、そうだな、スーティ」

「貴様ら、いつまでわしを放っておくつもりなのだ」

業を煮やしたような声がした。ふりむくと、憤怒に顔を真っ赤にしたグラチウスが、じだんだ踏みかねぬようすで頭から湯気を立てている。

「グラチウス、貴様はどこへなりと行くがよい。もうここにいるほどのこともあるまい。スーティは母親のもとに戻り、ドリアン王子もひとまずゴーラからもモンゴールからも逃れ得た。今のお前は用無しだ。どこへでも、好きなところへ行くがいい」

「なんといういいぐさじゃ、この偉大なる黒魔道師、グラチウス様に向かって」

『闇の司祭、あなたのパワー制御を時限解除します』

琥珀がふわりと漂ってきて言った。

『今すぐ解除しないのはあなたが感情にまかせて星の子や鷹に危害を加えないようにするためです。ここから離れると同時にしだいに拘束はゆるみ、四万三千二百分、すなわち一ヶ月程度経過すれば、完全に拘束は解除されるでしょう。すでにあなたの空間を渡る能力については解除しています。〈閉じた空間〉と呼ばれる異空間を通る能力は使用できるはずです』

「一ヶ月だと！」グラチウスはわめいた。

「そんなふざけた話があるか！　今すぐわしをもとに戻せ、この首輪も腕輪もはずせ、はずさんか！」

『あなたが星の子や鷹、ここにいる人々に危害を加える可能性を考慮するとそれはできません。いずれにせよ、あなた自身の魔力がもとに戻ってくればその拘束は自然にはずれます。それについては私の関知するところではありません』

「よくも言ったな、生意気な精霊めが」

グラチウスは頭を掻きむしり、足を踏みならした。

「ようし、わかった、今ここはおとなしく引いてやるわい。だが、覚えておけよ、くそ精霊め、わしを小馬鹿にしおったことは絶対に忘れんからな。それから、そっちの小僧めも」

ぐるりと首をめぐらせてスーティをにらむ。

「このわしを追い使った償いは必ずさせてやるからな。うぬ、おとなしくわしのとりこになっておればよかったものを、草原の鷹だの沿海州の剣士だの、妙な精霊だの、要らぬものばかり味方につけおって。いつか必ず後悔はさせてやるわい、おのれ、おのれ、おのれ」

「あきらめるのだな、グラチウス」

憤激する黒魔道師からスーティを守るように立ちはだかって、スカールは強く言い放った。

「スーティとフロリー母子に対してはもはや手出しはさせん。あきらめてとっととどこかへ失せろ。ひと月ほどでその枷もはずれるのだろう。それを有難く思って、逃げて失せろ。スーティにも、ドリアン王子にも、近づくことは許さんぞ」

「偉そうなことをほざくわ、部の民もなくしたハイエナ（コーイー）めが」

　グラチウスはスカールを刺すような目で見つめた。

「わしが力を取り戻したときこそ見ておくがよい、そのつらにうんと吠え面かかせてやるわ。どいつもこいつも、わしをこけにした輩には思い知らせてやるわい。見ているがいい、いつか助けが必要になったときに、グラチウスよ助けてくれとなんぼ頼んでも、わしゃ知らんからな」

「そんなことは金輪際ないから安心するがよい」

　憎々しげにスカールは言って、つばを吐き捨てた。

「そら、さっさと消えて失せろ、黒魔道師。いつまでここにいたところで、子供らに手も出せなければ力も戻らんぞ。今の自分が恥だと思うなら、早いところ自分の巣穴にこそこそ隠れてしまうことだ。〈閉じた空間〉とやらはもう使えるのだろうが」

「いわれんでもそうするわい。くそ、くそ、このことは忘れんぞ」

　グラチウスはふわりとその場から浮き上がると、じわじわと空中ににじむように溶け始めた。〈閉じた空間〉に入っていくらしい。

「覚えておくがいい、必ず償いはさせてやるからな。くそ精霊め、がきどもめ、必ずグラチウス様の偉大さを思い知らせてやるからな。くそ、くそ、くそ——」

悪罵をならべている声がふっと遠くなって、空中にもやもやと黒いものがわだかまったかと思うと、グラチウスは姿を消していた。「ふうっ！」とスカールは思わず息をついた。

「どうもあの黒魔道師がいると落ちつかん。……フロリー、スーティ、気にするな。あの黒魔道師は自分からうんと言わなければ本当には手出しはできぬものなのだ。だがそれでも気はつけておいた方がいいがな。くれぐれも、あやしげな誘いには今後も乗らんことだ」

「わたしたちは大丈夫です、スカール様」

フロリーは目の前で消えていった老人については驚いているようだったが、うまくその驚きを押し隠していた。

「スーティとドリアン様にあの老人が何かするつもりでしょうか？」

「今すぐは何もなかろう。だが、魔道師が力を取りもどすころには気をつけたほうがよかろうな。まあ、どちらかというと琥珀のほうに恨みを持っているようだから、スーティに関しては手を出しては来ないかもしれんが……スーティ。琥珀をおいちゃんに返してくれるか」

「ん」

　スーティは内懐から小さい手のひらには余るほどの琥珀を出してスカールに渡した。スカールが受けとって懐にしまうと、空中に浮いていた琥珀色の幼女は燃えあがりながら薄れて消え、きらきら光る霧となってスカールの懐に吸い込まれていった。

「鷹、スーティ」

　ザザがそばにやってきた。後ろには、狼の姿に戻ったウーラを連れている。知らないフロリーがぎょっとしてスーティとドリアンをかかえようとしたが、

「わんわん！」スーティが喜んで、フロリーがあわてて止めるのもかまわず飛びついて、抱きついた。ドリアンは大きな狼の姿におびえたようで、後ずさりしてちょっと泣き声をあげた。スーティはまばたきして弟を見た。

「おとーと、わんわんこわいか？　こわくないぞ？」

　ドリアンの手を取ってウーラの毛皮に触れさせてみせる。触れたとたん、ドリアンはびくっとしたが、やわらかく沈むふかふかの毛皮に手が包まれると、目を丸くして固まった。スーティがはしゃぎながらウーラの首にしがみつくと、引っぱられる形でぼふっと顔を突っ込む。ウーラの横腹に思いきり顔を埋める状態になってもがいていたが、顔を上げると、いっぱいの笑顔になってきゃっきゃっと笑っていた。

「大丈夫だ、フロリー、この狼は長いあいだスーティの身を守っていてくれたのだ。ス

ーティに悪いことをするものではない」

「はあ……」

フロリーはそれでも心配そうに、ウーラのふかふかの首にしがみついて顔じゅうなめまわされているスーティとドリアンを見守っていた。

「鷹、スーティもお母さんのところに戻ったし、あたしたちのそもそもの目的だった妖魔の国の女王との会見も済んだから、あたしたちはそろそろ黄昏の国へ戻るよ。ここにいても、もうあたしらのできることはなさそうだしね」

「とりさんたち、かえっちゃうの？」

ウーラになめ回されてきゃっきゃ言っていたスーティが頭を上げて目を丸くした。

「わんわんも？　とりさんもわんわんもいっちゃうの？」

「ごめんねえ、坊や、けどあたしたちはもともとここの世界の生き物じゃないからさ」

ザザはかがみ込んでスーティの頭をなでた。

「グラチウスの畜生もどうやら追っ払えたしね。坊やのことは大好きだよ。あたしたち、また会えるといいねえ」

「わんわん……」

スーティはウーラの金色の眼を見つめた。

「わんわん、どうしてもかえらなきゃだめ？」

ウーラはクーンと鼻を鳴らしてスーティの頰を舐めた。

スーティは身を投げだすようにしてウーラの首を抱きしめた。ぎゅっと目をつぶって毛皮を握りしめて、二度と離すまいとするかのように力をこめて抱きしめたかと思うと、なごり惜しそうにウーラから離れて佇んだ。まだ横腹に貼りついたままでいるドリアンを、そっと引っぱって抱き取る。ドリアンは嫌がってもがいたが、スーティはしっかり抑えて離さなかった。

「わんわん、スーティのことわすれない？」

とても静かにスーティはきいた。

「わんわん、スーティのともだち？　わんわん、スーティのことすき？」

ウーラは低く一声吠えてこたえ、濡れた鼻をスーティの鼻に押しつけた。スーティはくすぐったそうに首をすくめ、さびしそうにウーラの頭をなでた。

「わんわん、またあそぼうね。わんわん、スーティのことわすれないでね」

そういうと、スーティは自分からドリアンを連れてウーラから離れ、フロリーの膝に頭を埋めた。ウーラはもう一度クーンと鼻を鳴らすと、ザザのそばへ行った。

「それじゃ、スーティ、鷹、元気でね。また会えることがあったらよろしく頼むよ」

ザザはひょいと片手をあげたかと思うと、あっという間にくるりと身をひるがえして大鴉の姿に変わり、ふっと姿を消した。同じように、ウーラの姿も溶けるように見えなくなった。スーティはウーラのいなくなるところを見たくないのか、フロリーの膝に顔を埋めたまま、じっと拳を握りしめていた。

「いい子だな、スーティ」

スカールはぽんとスーティの頭に手を乗せてしみじみと言った。

「もっと泣いていやがるかと思ったが、お前はやはりかしこい子だな。またふらっと現れることもあるさ。元気を出せ」

スーティはくすんと鼻を鳴らしてドリアンの背中に回した手をきつくした。

「さあ、戻ろう。とにかくアストリアスをどうにかしてやらないといかん。スーティたちも疲れているだろう。ひとまずはたごに帰って、ドリアンとスーティに食事をさせてやらねばならん」

第三話　トーラス反乱

1

「アストリアスが逃げただと」

動揺した声が響きわたった。

カダインの、アリオン邸の一室だった。アリオンとハラス、オル・ファンが暗い顔を机の上に寄せあっている。部屋の入り口に伝令が膝をつき、恥じるように深々と頭を下げていた。

「いったい、どうやって逃げたというのだ」

「は……それが、見張りのものは眠らされてしまっておりまして、何も覚えておらず……おそらくは、あのアストリアスが王子を渡した奇妙な四人組のしわざではないかと思われます。魔道のしわざでもなければ、見張り兵をみな眠らせ、鎖と牢の錠をはずすなどということができようとは思われませぬ」

「ええい、この」

アリオンは立ちあがって机のまわりを歩きはじめた。揺れる燭台の明かりに、躍る影が大きくまた小さく浮かびあがる。

「いったいどうなっておるのだ。まさかゴーラにあのような魔道師がいるとも思えん……いたとしてもあのような妙な組み合わせであるはずがない。いったい何者なのだ、あの者たちは。なぜアストリアスを助ける。なぜドリアン王子を奪うのだ。何が目的なのだ。モンゴールにどんな恨みがあるのだ」

「落ち着きなされ、アリオン」

オル・ファンがしわがれ声で言った。

「今重要なのはきゃつらの正体を追究することではない。これからどうするか、でしょう。ドリアン王子がいなければゴーラ王の座をイシュトヴァーン王から剝奪することはできなくなる。我々の計画はすべてドリアン王子の存在に依っていたのだから、あの子供がいなければ、われらの計画は水泡に帰す」

「ドリアン王子の手がかりはまだないのか？」

いらだたしげにアリオンはどなった。伝令は小さくなって、

「いまだそれらしいものは見つかっておりません。まるで天に消えたか、地にもぐったかというありさまで、できる範囲で手をのばさせていますが、手がかりらしきもののか

けらも見つからないありさまです」

「ええい」アリオンは手を乱暴に一振りして伝令を下がらせ、ふたたび机に手をついた。

「いったい、どうせよというのだ。すでに各地の潜伏勢力にはドリアン王子の存在を伝えているのだぞ。それが奪われたとあっては、せっかく味方につけた各地の潜伏勢力や旧ユラニアの貴族どももまた尻込みを始めることだろう。アストリアスめ、何重に呪ってもたりんわ」

「ドリアン王子がいなければ、われらは担ぐ旗をなくす」

オル・ファンが低く言った。

「ゴーラ王太子というのみならず、モンゴール大公の血を引くお子ということがドリアン王子の強みだった。むしろモンゴールの民のためにはアムネリス大公の子という事実のほうが大きかったでしょう。すでにドリアン王子の名を慕って集まっている民兵にとっても、王子の失踪は大きい。なんとかして王子を取りもどさねば、せっかくの軍そのものが崩壊につながる」

「王子の名のもとに集まってきた民にも、いずれ動揺が広がりましょう」

心配そうにハラスが言った。

「まだ騒ぎはそれほど広まっていませんが、このまま王子が消えたままだと動揺はどんどん大きくなっていきましょう。一日も早く王子を取りもどすことが必要ですが、その手がかりも、痕跡も、われわれは何一つ見つけ出せていない」

「ひとつだけ、方法があります」

オル・ファンがふいに言った。ハラスとアリオンははっとしたように耳を立てた。

「方法だと。いったい。どんな方法があるというのだ」

「身代わりを立てるのです」

ハラスははっと息をのんだ。アリオンは目をむいて、

「身代わり？　いったい、誰を」

「誰でもよろしい。よろしいですか、いま必要なのは、ドリアン王子本人の能力やその言葉などではない。ドリアン王子の存在、という、その事実ひとつだ。そして黒い髪で緑の瞳の幼児なら、なにもこの世にドリアン王子ひとりというわけではない。年格好の似た幼児なら誰でもよい。ひとまず、ドリアン王子が見つかるまでのあいだということでよい。年格好の同じ幼児を連れてきて、それをドリアン王子であるように見せかけるのです。それしか、いまの窮地を切り抜ける方法はありません」

「うーむ……」

唸って、アリオンは顎に手を当てた。

「しかし、適当な子供がそうすぐに見つかるかな。見つかったとしても、連れてくるには母親や家族が邪魔だろう」

「家族のことなどどうにでもなります」

オル・ファンがそう言った口ぶりは不吉だった。

「われわれはより大きな目的に向かって行動しているのです。ドリアン王子の行方を探すのはもちろんですが、探して見つからなかった場合のことも考えておくべきです。われわれはすでに動き出してしまっている。いまさら動きを止めるわけにはいかない。そのためには、ドリアン王子の存在が何よりも必要なのです」

息づまる沈黙があたりに満ちた。ハラスとアリオンはさぐるような目つきを互いにかわし、オル・ファンは腹の上に手を重ねて悠然と二人の返事を待っている。

「……しかし、やはりモンゴールの大公ともなろう子供がアムネリス様の血を引かない赤の他人の子というわけにはいくまい」

アリオンが言った。

「ここはやはり、なんとかしてドリアン王子を見つけ出すまで待った方が……」

「そう言っている間に軍が崩壊していったらどうなります。または、イシュトヴァーンが国へ戻り、機会を失ってしまっては」

つめたい口調でオル・ファンは言った。

「イシュトヴァーンが国におらず、カメロン卿は死に、国が混乱しているいまこそが行動を起こす機会なのだということは賛成してくださるでしょう。ドリアン王子を失ったということで、みすみすその機会がすぎていくのを見送ってしまうにはあなたがたはすでに深く入り込みすぎているはずです。ドリアン王子がいなくなっても、ゴーラからの捜索の手がなくなるわけではない。われわれはいつ、反乱者の群れとして取り囲まれるかもわからない。ゴーラが指導者をなくして乱れているこの短い間こそが、われわれの動くべきときなのですよ、アリオン殿、ハラス殿。そのことはおわかりのはずだが」

ハラスもアリオンも目をそらして口をつぐんだ。

「しかし、だからといって身代わりを立てるということは……」

「むろんドリアン王子の行方は捜し続けるべきでしょう。モンゴールの血を引くお方はいまやたったひとり、王子しかおられないのですから。しかし、とにかく今はドリアン王子としての存在がわれわれには必要だと申しあげております」

「……」

「イシュトヴァーンももとはどこの誰ともしれぬごろつきの盗賊だった男です」

オル・ファンは投げ捨てるように言った。

「ゴーラの王座についてはきゃつは、どんな子供に奪われたところで文句など言えぬところでしょうよ。もちろん筋は通さねばなりませんから、きゃつの子供であるという形は守りますが、モンゴールの方々にとっては、重要なのはイシュトヴァーンの血筋ではなくアムネリス大公の血筋のはず。今、このときに行動を起こすために、ドリアン王子として存在するものがいなければ、ここまで積み上げてきたものがすべて水の泡となります。それでもよろしいのですか」

「む……」

アリオンは唸った。

「それでは、なんとかしてドリアン王子に背格好の似た子供を探し出して身代わりにあてる、ということでよろしいですか」

オル・ファンは押しかぶせるように言った。

「黒髪緑眼とはいかなくとも、黒髪の幼児ならばそれほど苦労せずに見つけることができるでしょう。われわれの計画には、どうしても必要な子供です。ドリアン王子の捜索と同時に、そうした子供を見つけるための部隊を派遣しましょう。一日も早く、われわれには『ドリアン王子』が必要なのです」

「待ってください」

扉の外から声がした。「誰だ」アリオンがすぐに立って、扉を開けた。青ざめた顔の小柄な女が、黒髪をきつくまとめ、両手をかたく組み合わせて立っていた。

「アリサ殿」

ハラスが驚いて言った。

「どうなさったのです？　お休みになっていたのではなかったのですか。それともアストリアスの行方を話してくださる気になったか」

アストリアスの逃亡後、ドリアン王子を保護していたはずのアリサ・フェルドリックはとらえられて尋問に付された。アリサは、ドリアン王子を「いつくしんでくださる方にお渡しした」としか話さなかったので、アストリアスに通じていたとされて、自室に軟禁されていたはずだった。

とはいえ、旧モンゴール軍の重鎮の娘であるという立場に鑑みて、その扱いは比較的おだやかなものだった。拷問が行われるようなことはなかったし、衣食に不自由するようなことはなかった。部屋から出るときはどこへ行くにも兵士が付き添ったが、邸の中であればある程度の自由は許されていた。このときも、付き添ってきた兵士がぎょっとした顔でそばに佇んでいた。

「ドリアン王子の身代わりにほかの子供を使うなんて恐ろしいことをなさってはいけません」

アリオンやハラスの驚愕を意に介さず、アリサは息せき切って言った。

「そんなことはミロクの神がお許しになりません。大人のかってな都合で子を親の元から引き離し、政治の道具に使うなどと、そんな恐ろしいこと。どうぞ思い直してくださいまし、アリオン様、ハラス様。子供はみな、親のもとで愛されて育つものです。私はそんなことのためにドリアン様をアストリアス様にお渡ししたのではありません。どうぞお考え直しくださいまし」

「何かと思えば、ミロク教徒のお方のありがたい御託ですか」

オル・ファンが馬鹿にしたように言った。

「これもあなたがドリアン王子をアストリアスなどに渡したからだとお考えなさい。いまさら後悔したところで、ドリアン王子の代わりが必要なことは動かしようがないのです。われわれの積み上げてきた計画がすべて瓦解しないためには、身代わりであろうとなんであろうと、『ドリアン王子』が必要なのです」

「子供を親のもとから引き離して、他人の代わりにするなど間違っています」

アリサは激しく言いつのった。

「わたしはドリアンさまに愛されて育ってほしいと思ってこのたびの企てに協力いたしました。でもそのために、べつの子供が親の愛を失うことなどあってはなりません。お願いです、アリオン様、ハラス様。そのような無情なことはおやめください」

「ならばドリアン王子の行方をお言いなさい。そうすれば身代わりの必要などなくなる」

「わたしはただ愛してくださるかたのところへ行ってくださることをミロクに祈ってアストリアス様にドリアン様をお渡しいたしました。それ以上のことは知りません」

「たわごとを」

オル・ファンは大きく息をついた。

「よろしいですか、愛など国家の前では吹けば飛ぶようなものでしかない。あなたの言っておられることは美しいだけのたわごとです。子供は愛されて育つべきだ、それはそうでしょう。が、それが許されぬ場合もある。それが今です。愛されるかされぬかなどどうでもいい。われわれにとって必要な王子を、取り戻せぬのであれば身代わりでも使う、それ以上にやりようがありますか。あなたはご自分の国を、立派に独立して歩む国家にしたくはないのですか」

「モンゴールが独立することは私だって望んでおります。でも、そのために子供を犠牲にすることは、とうていわたしには耐えられません」

「あなたが耐えられようと耐えられまいと関係ない。たかが女の感傷にかまっている暇はわれわれにはないのです。その感傷がこの厄介な問題を引き起こしているとなればなおのことね。アリサ殿を連れてゆけ、そこの者」

佇立していた兵士ははっと姿勢を正した。

「ドリアン王子の行方を言うのでなければこれ以上話しても無駄だ。ミロク教のありがたい教えもわれわれには不要。われわれが求めるのはただイシュトヴァーンを逐ってゴーラの玉座を手に入れること、モンゴールが自主独立の昔を取りもどすこと、それだけだ。愛だのなんだのいう言葉は余計物でしかない」

アリオンは眉をひそめてなにか言いたそうな顔つきをしていたが、唇をかんで黙っていた。

「いや、離してください。アリオン様、ハラス様」

兵士にかかえるように押さえられて、アリサは身をもんだ。

「お願いですから考え直してください。いつくしまれることのないまま利用だけされる子を産みだすことをミロクはお許しになりません。わたしは……」

「連れていけ」

アリオンは短く言った。アリサの眼に涙が盛りあがって頰をつたった。

「アリオン様……」

「アリサ殿、愛情などと言っていられる段階はもうとっくに過ぎ去ったのだ」

逡巡を振りはらうように、アリオンは厳しく言った。

「あなたがドリアン王子をアストリアスに渡しさえしなければそのような子は生まれなかった。そのことをよく考えて、部屋でおとなしくしていることだ。あなたの愚かさがひとりの子供を不幸にするのだということをよく考えるのだな」

「ああっ……」

アリサは声をあげて顔をおおった。

それでもなお、すがるように手をのばしてくるのを兵士が押さえつけて部屋から引きずり出していく。扉が閉まると、オル・ファンがうんざりしたように鼻息を噴いた。

「まったく、女というものは感傷的で困ったものですな」

アリオンは唇をまげて疲れたように顔をこすっている。

「フェルドリック殿の娘御ということで話はしたが、ひょっとしたらやめておいたほうがよかったかもしれん。ああも愚かで頭が硬いのでは、今後のことにも支障が出そうだ」

「それでは、ドリアン王子の身代わりになりそうな子供を見つけるのですな、アリオン」

「そうなるな。親には金を渡すか、ぐずぐず言うなら――」

あとの言葉は意味ありげに宙に漂った。アリオンは咳払いして、

「もちろんモンゴールのために重要な役割を果たすことになる子供だ。親には十分な気遣いがあってしかるべきだろう。われらがモンゴールの民に不合理な仕打ちがあってはならない」

「では明日からでもすぐに、捜索隊を出すことにいたしましょう」

オル・ファンは大儀そうに立ちあがった。

「捜索隊はごく一部の、限られた人間に絞りましょう。王子が身代わりだということを知る人間は少ない方がいい。信用のできる部下を何名か、教えておいてください。黙っ

て任務をこなし、余計な口をきかぬ人間をです。人選はあなたにお任せしますが、どうぞくれぐれも信用のならぬ者はお選びにならぬように。あのアリサ・フェルドリックほどではなくとも、情に動かされて判断を過つような人間がいてはなりませんからな」

にがい顔でアリオンはうなずいた。燭台の炎が揺れ、室内の男たちの影を大きくゆらゆらと映し出した。不安の風に吹きさらされる森のように、影はざわめくように思えた。

モンゴール領内にひそやかに男たちが放たれたのは数日が経ってからだった。男たちは集落に近づくと衣装を変えて村に入り、それとなく小さな子供の有無を尋ねた。もしいる場合はその髪の毛の色を尋ねた。茶や金だった場合には男たちはなにもせず村を出て行き、そのまま戻っては来なかった。

だが黒だった場合は、男たちの眼は暗く陰った。子供のいるという家に近づき、さりげない風を装って声をかけ、抜け目なくあたりを見回して子供の姿を探した。子供があまりにも大きすぎたり、幼すぎたりすると、また男たちは何げない顔をして村を離れ、ひそかにまた街道に出ていくのだった。

オルムの村に男たちがやってきたのは晴れた冬の日の午後のことだった。珍しいほど暖かな陽光のもとで、子供らが駆け回って遊んでいた。男たちの目は入り乱れる子供たちを舐めるように見た。

「こんにちは。お前さんがたはどこの人だね」

「なあに、旅の者さ。ヴァシャの乾果を仕入れて回っているんだ。この村でヴァシャを栽培してる家はどこだね」

「そりゃたいがいの家が作ってるがね、いちばん手広くやってるのはヤザンのとこだろうな。仕入れっていうならヤザンのうちに行ってみたらどうだい」

「ああ、そうするよ、ありがとう」

　ヤザンの家というのはオルム村の中でもひときわ大きな農家で、藁葺き(わらぶ)の屋根の下には牛や馬のいる厩(うまや)が並び、別棟の倉庫が二棟ほど並んでいた。戸口の前の階段には農婦がもたれて子供をあやしていた。その子供を見て、男たちの目が光った。子供は黒髪で、見たところ二歳ほどの年頃に見えた。

「やあ、こんにちは」

　あくまで明るく、先頭の男が声をかけた。

「わしらはヴァシャの仕入れに回っている者だがね。こちらのヤザンさんの家に、仕入れに行ったらいいだろうと村の人から聞いてきたんだが、ヤザンさんはいなさるかね」

「はれまあ、こりゃ、失礼しました」

　農婦は慌てて立ちあがり、子供をおろして頭を下げた。

「ヤザンはいま畑の見回りに出てましてねえ、もうすぐ帰ってくると思うんでございますが、あんたさんたち、あんまり見ない顔だねえ」

「このあたりに回ってくるのははじめてでね」

　肩をすくめて男は答えた。

「もしよかったらヤザンさんが戻ってくるまで、こちらで待たせてもらってもいいかね」

「あいよ、わかったよ。もしよければ、馬に水でもあげようかね」

「ありがとう。助かるよ」

　農婦が尻をふりふり家の中へ消えていくと、あとに残された子供に、男はすっと近づいた。身をかがめて子供の頭に手を乗せ、近々と顔に見入る。子供は慣れない大人に近づかれて、ひるんだように後ずさった。

「かわいい子だ」

　男の声はあくまでやさしかった。

「なんという名だね。いくつだ？」

　子供は答えなかったが、おそるおそるといったように、二本の指をかかげて見せた。

　男の目が細まった。

「二歳か。いい子だ」

　不安そうに身を縮める子供をなだめるように、男の手はくるくるとした巻き毛の子供の黒髪をかきまわした。

「お待たせしましたの」

農婦が家の中から出てきた。

「厩のほうに水桶を用意させたんで、そちらに馬をつないでいただいてよろしゅうございますよ。あんたさんたちもヤザンが戻ってくるまで、そこらへんでゆっくりしてなさったらどうね」

「そうしますよ。ありがとう、おかみさん」

男の言葉はあくまでさりげない。

「ところで、かわいい子だね。ヤザンさんの子かい」

「あいな、うちんとこの二番目の男の子だよ。見ての通り、まだちっちゃくてねえ、手が離せなくて参っちまうよ」

「なるほど」

男は呟いて仲間に目くばせした。やわらかく巻いた黒髪、瞳は緑ではなく黒だが、背格好も年の頃も、ドリアン王子に見代えるに十分な子供だった。

ヤザンが戻ってきたのはそれから半ザンほどしたころだった。灰色の髭をたくわえ、太鼓腹を突き出したヤザンはふうふう言いながら小径を下ってくると、家の周りにたむろしている男たちにぎょっとしたように足を止めた。

「ああ、お帰り、あんた」

農婦が首を出して呼びかけた。

「この人たちはヴァシャの仕入れ商人でねえ、うちのヴァシャを買いたいってんで来てくださったんだよ。中へ入ってもらっていいかね？」

「ああ、ああ、そりゃまた」

汗を拭きながらヤザンは人のよさそうな笑顔を見せた。

「どうぞ入ってくださいや。うちのヴァシャは天下一品だでね。あんたさんがたにも損のないお取引ができると思いますだよ」

男たちはヤザンに先導されて家の中へ入っていった。扉が閉まった。

それからあとしばらく、扉からは誰も出てくる者がなかった。家の中はしんと静まりかえり、まるで人気が絶えたようだった。

やがて、日が暮れた。表で遊んでいた子供たちもみな家に帰った。村の家々に明かりがつき、にぎやかな家族団らんの声が流れてきた。

ヤザンの家にも灯がともった。だが家の中はあくまでしんとしていた。子供の走り回る音も、笑い声も、夕食の音も聞こえない。家の近くに寄った人間は、妙に息をつめているような感覚を受けて首をひねったかもしれない。

夜が更ける。しだいに明かりが消え、オルムの村は眠りについていった。家々の明かりが完全に消えて少し経ったころ、ヤザンの家の扉が、内側からそっと押し開けられた。中から袋に入れた何かを担いだ男たちが出てきた。袋には子供ほどの大きさの何かが入っている。

男たちは馬を引き出すと、袋を前鞍にくくり付け、馬の足音をたてないようにゆっくりとオルム村を出ていった。

翌朝、ヤザンと妻の泣き声が村に響きわたった。驚いて駆けつけた村人たちは、取り乱したヤザンと妻にすがりつかれてかき口説かれることになった。

「わしらの子が！」

ヤザンは泣きわめきながら言った。「あの子が！」

「何が起こったのかわからん」

妻も泣きじゃくりながら叫んだ。

「きのうヴァシャの仕入れって人らを中へ入れて話していたら急に……襲われて……口に何か当てられて何もわからなくなって……それで目が覚めたら、あの子がおらん！わしらの子が！」

「子さらいだ！」ヤザンは震える拳を振りあげた。

「ヴァシャの買い入れの振りをして、わしらの子をさらっていきよった！　山狩りじゃ！　子さらいじゃ！　うちの子をどうか取りもどしておくれ！」

村をあげて山狩りが行われたが、男たちの行方は杳として知れなかった。馬に乗っていた彼らは昨夜のうちに山間部を抜け、遠いところまで行ってしまったようだった。むなしく帰ってきた村人たちはヤザンと妻の泣き声と繰り言を必死になだめた。

「わしが悪いんじゃ」最初にヤザンの家を教えた村人が泣き声をたてた。

「うんにゃ、お前が悪いんでねえ、悪いのは子さらいの奴らだ。うちの子が！」

声をあげてヤザンと妻はまた泣き出した。

明日も探す約束が交わされたが、男たちはもうとうに遠くに去っていることを誰もが知っていた。泣くヤザンと妻をとつとつと慰め、村人たちは散っていった。

まだあきらめきれず、ヤザンと妻は互いにしがみつき合うようにして家に入った。子供のひとりがいなくなった家は恐ろしくがらんとしているように見えた。ふらふらと入っていったヤザンは、空っぽの寝台の上に見慣れないものを見つけた。

手のひらに余るほどの布の袋に、何かがいっぱいに詰まっている。恐る恐る手を出して持ち上げてみると、その重さにがくんと身体が傾いた。

「何だ、こりゃあ……」

がちゃりと金属のぶつかる音がした。袋をくくった紐をほどいてみると、ヤザンと妻はざらざらとこぼれ出た輝きに声を失った。

「あ、あんだ、こりゃあ……」

「き、金貨だ、金貨じゃないか。でもなんで、いったい、どうしてここに……」

袋いっぱいの山のような金貨を前に、二人はしばらく声も出ずに、泣くのも忘れてただただすがりつき合っていた。

2

ヤザンと妻が金貨を見て腰を抜かしていた明くる日には、男たちはアリオンの前に膝をついていた。

「子供はどうしている」

「薬からさめて、泣いております」

低い声で男は答えた。

「手伝い女を呼び、玩具や食べ物も与えておりますが、やはり知らぬ人間の中に連れてこられておびえておりますようで。人前に出すには、まだしばらく時間が必要でございましょう。その間にドリアン王子ご本人が見つかれば重畳でございますが」

「まあ、そうだな。しかしいまだに何の手がかりもない以上、次善の策を進めておかずにはおけん」

苦りきった様子でアリオンは言った。

「トーラスの守護には五千の兵がついている。これを襲って崩せば、なにはともあれわれらの存在ののろしをあげることになる。イシュトヴァーンがゴーラを空けているあいだになんとかトーラスに入り、防備を固めた上でドリアン王子のゴーラ王即位を宣言する。軽々しく国を空け、臣を殺傷する暴虐の王は王ならず、もとより一介の盗賊に過ぎぬ身であったイシュトヴァーンよりも、モンゴール大公家の正統な血を受けて誕生されたドリアン王子のほうが王位にふさわしい――というビラは各地に撒かせてある。モンゴール国内はむろん、ゴーラの旧ユラニア貴族どもにも同じ檄はまわっている。あとはクムが味方についてくれれば言うことはないのだが――タリク大公はゴーラの兵力を恐れているからどうだかわからんな。ともかく、ドリアン王子をモンゴール大公にしてゴーラ王と祭り上げるのは今をおいてないとオル・ファンは言う。我々の兵力はおよそ三万、トーラスは落とせても、その後もしゴーラが態勢を立て直して攻めてきたら受け止めるにはとうてい足りん。問題はドリアン王子のもとにどれだけの民が結集するかということだが――」

いつのまにか一人の考えに沈み込んでいたアリオンは、ふと我に返って、まだ膝をついていた男を下がらせ、落ちつかぬ様子で部屋を出た。邸の奥まった一室へと階段を上がっていく。近づくにつれ、ほそぼそと泣きじゃくる声が流れてきた。泣いて泣いて、声もかれてしまったのにまだしゃくりあげるのがやまないといったふうである。

「異状ないか」

「ございません」

左右に立った見張りの兵士と短くやりとりし、扉を開けて部屋に入る。

閉め切られた部屋の中はむっとしていた。いくつかの燭台が薄い煙を上げて燃え、光を広げて、床のあちこちに散らばった兵隊の人形や車、おもちゃの剣や、ひっくりかえされた樫の皿などを照らし出している。

困惑したように寝台にかけていた中年の女が、驚いたように立ちあがって礼をした。床にぺたんと尻を落として泣きわめいていた子供が、知らぬ大人が入ってきたのに気づいてびくっと一瞬泣きやんでこちらを見たが、またすぐにわっと泣き出した。アリオンは子供に近づいて手をのばしたが、指が触れると、子供は灼けた棒でも押し当てられたようにぎゃーっと声をあげて泣いた。

「泣きやませる努力はしたのか」

アリオンは女に尋ねた。

「は……はい、食べ物や、おもちゃを与えてさんざんなだめてみましたけれど、母親を呼んで泣くばかりで……どうにも手のつけようがございません」

「ふん」

アリオンはしゃがみ込むと、ぐいと子供の頭をつかんだ。びっくりして子供が一瞬泣きやむ。まるい頬をぽろぽろ落ちる涙の粒を見ながら、呟いた。

「名前でも訊いてやればよいのかもしれんが、それも無意味だ。お前はこれからドリアン王子になってもらわねばならんのだからな」

子供の目にまた新たな涙が膨れあがる。それがこぼれ落ちるのを見ながら、アリオンは複雑な顔をしていた。

「すべてはモンゴールの民のためだ。モンゴールの国が真に独立した国家として立つためだ。お前にはドリアン王子になってもらわねばならん。なってもらわねば困るのだ」

大きな大人の手で頭を押さえつけられて、子供はよりいっそうおびえたようだった。

女が「あの」と気の毒そうに口をはさんできた。

「その子はひどくおびえております。あまり乱暴になさいますと、よけいに泣いて始末におえなくなると存じますが」

言われて、アリオンは黙って手を離した。子供はころりと床に転がって、声を殺してしゃくり上げた。

「モンゴールのためなのだ」

自分に言い聞かせるように彼は言った。

「モンゴールの独立のためには多少の犠牲はやむを得ん。子供とはいえ、それは同じだ。お前はモンゴールのための礎（いしずえ）となるのだ。なってもらわねばならん」

しくしく泣いている子供を残して、そのまま大股に部屋を出ていった。階段を降り、回廊へ出ていく表情は晴れなかった。彼は無骨な軍人ではあったが、ミロクの教えを信じる者でもあり、親から引き離された子供の運命を思うと痛切に胸が痛んだ。このような考えを提案したオル・ファンを呪いたいような気分だった。しつこく泣く子供の声が、いつまでも耳のそばに漂っているように思えた。

庭に出るところで、ハラスと会った。杖をつき、足を引きずっている彼もまた、絶え間ない泣き声に心を悩まされているようだった。

「アリオン、ドリアン王子の身代わりなどという考えは本当に大丈夫なのでしょうか。あの子供、あのままでは、泣いたまま死んでしまったりはしますまいね？」

「死なれてたまるものか。せっかく探し出してつれてきたものを」

むっつりとアリオンは言い返した。

「もう、やってしまったのだ……やってしまったものは仕方がない。あの子供はドリアン王子だ、そう考えておくほかどうしようもあるものか」

ハラスは具合悪そうに視線をそらした。アリオンもなんとなくしらけた気分で、黙っていた。するとそこへ、

「やあ、お集まりですな」

と声がかかった。オル・ファンが、帯の端に手をつっこみながら現れたところだった。どことなく苦い顔をしたハラスやアリオンとは違って、彼はいかにも満足げに見えた。

「朗報がございますぞ。ダノムの街でひそかに集まっていた義勇軍が、われわれに合流すると連絡してきました。数は二千ほどですが、これに呼応して、ローラン大森林の開拓民の間からも兵が出てくる動きがあるようです。それにヒルガムに身を寄せていた旧ユラニア貴族のイン・レン伯爵が、手持ちの騎兵三千を出そうと内々に伝えてきました。ただし、ドリアン王子をゴーラ王とした暁には、宮廷にそれなりの席を用意し、奪われた領地を旧に復するという条件ですが。たかが三千ほどにしては高すぎる望みともいえますが、なに、それも、企てが成功してから考えれば良いことです」

「トーラスへは、いつ打って出るのだ、オル・ファン」

ぶっきらぼうにアリオンは言った。オル・ファンは片眉を上げてけげんな顔をし、

「トーラスへですか。今言ったダノムの義勇軍二千と、イン・レン伯爵の三千を待たずとも、トーラスの護衛兵を蹴散らすほどにはすでにわれわれの兵力は成長しておりますよ。あとは、機会を見はからうのみ、でしょうな」

「その機会というのは、いつなのだ。あの子供を——」

そこまで言って、アリオンはぐっと黙った。子供をさらって連れてこさせたことで、もはや後戻りのできない道を歩きだしたような気がしていたのだ。しかし、オル・ファンはあくまでもしらりとした顔で、

「いつなのだ、と言われましても、現在モンゴール領内に散っている勢力を編成して、

五千の守備兵にぶつけて平気だと思われたとき、としか言えませぬな。むろん、軍の指揮官はアリオン伯であられますから、伯がその命令を出されれば、いつでもその時が来る、とは申せますが」

「それでは俺が命令する。軍を再編成し、トーラスへむけろ」

ハラスがはっと息を呑んだ。オル・ファンも肝を抜かれた様子で、

「今からでございますか。よろしゅうございますが、突然おおぜいの人間が国中を移動し始めますと、各地のゴーラの守備兵の目に立つのではないかと思われますが」

「わかっている。むろんのこと、編成には時間と注意をかけるし、拙速をはやるわけでもない。だが、待ち続けるのはもうたくさんだ、と言っているのだ。こうして待ち続けている間に、イシュトヴァーンがパロを出てイシュタールへ戻ったらどうなる」

「それは――」

「そうなればお前の言う国を空ける王など王ではないという理由は理由ではなくなる。われわれはぐずぐずしているわけにはいかぬのだ。イシュトヴァーンがゴーラになく、カメロン卿もない今、ただこのときに、一気に攻勢をかけてしまわねばならぬのだ」

「それは、そうでございますが」

オル・ファンはちょっと鼻白んだようだった。

「それではトーラスに潜伏している仲間とも連絡をとって、トーラス入りの期日を決め

ましょうか。……各地に伏せてある人員を秘密裏に集めるには十日あまりもかかりましょうが、それは仕方がないと思っていただかねば。まあ、子供をドリアン王子として仕込むにもそれなりの日数はかかりましょうし、ドリアン王子をモンゴール大公にしてゴーラ王に推す後ろ盾にももっと強力なものがほしいところです。イシュトヴァーンは彼自身の行いはどうあれ、旧ユラニア領の国民からの人気にはあなどれぬものがありますからな。旧ユラニア貴族でいまこちらについている者となると、先ほど名の出たイン・レン伯爵をはじめ、オー・ファン侯爵、ラン・イン伯爵、ホー・エン男爵などといった人々がいますが、勢力という意味ではイシュトヴァーンにほとんどの力を剝ぎ取られています。それにむろん、もしイシュトヴァーンが戻ってきて軍を召集した場合に、こちらがトーラスに立てこもっても耐えられるだけの兵力は絶対に必要だ」

「それはわかっている。だが、いつまでものんべんだらりとしているわけにはいかないことは本当だ。できるかぎり早くにわれわれも動かなければ、みすみす機会を逃すことになる。イシュトヴァーンがトーラスへ攻めてくることになったら、その時は、われわれは身動きがとれんどころか一巻の終わりということにもなりかねんのだからな」

「肝に銘じておりますよ」

「アリオン、私は戦いには加われませんが、モンゴールのためならばいつでも命を捨てる覚悟でいます」

ハラスが目を輝かせて不自由な身体を乗り出してきた。

「イシュトヴァーン不在の今こそ動くべきだという意見には私も賛成です。むしろ遅すぎたというべきかもしれない。ドリアン王子が……ああなっている以上、われわれが早く動かねばならぬ意義も増していると感じます。オル・ファン殿、どうぞ一刻も早く動くことを私からもお願いいたします。私は肢体不自由の身ですが、イシュトヴァーンに向ける恨みはその分誰よりも深いと自負しておりますから」

かつてルードの森で虐殺された仲間たちと、拷問されて手足の自由を失った我が身を思い返すように、ハラスは唇をかんだ。オル・ファンはなだめるように手を上げて、

「お二人の気持ちはわかっております。早く動かねばならぬというアリオン殿のお言葉の意味もわからぬわけではありません。できるかぎり早くに、トーラスへ上り、そこでドリアン王子のゴーラ王宣言を行うことをお約束しましょう」

アリオンとハラスは、なんとなく安堵したように目を見交わし合った。その耳の奥には、泣きつづけている子供の声がいつまでもこびりついているに違いなかった。情には左右されないと考えていた彼らが、無垢な子供の泣き声には、何か、後ろから追い立てられるような後ろめたさを、感じていることも事実だった。

それからモンゴール地方の各地には、ひそかに行き来する者の姿が増えた。深夜、馬

を走らせて街道を駆けていく者がいたかと思うと、街道を外れた山道を、軍備をととのえた部隊が馬のはみをきつくし、鎧の上に布をかけて輝きを隠しながら進んでいく。

　モンゴール領の街も、平静な見かけの下でなんとなくざわめき立っていた。それはどこからともなく撒かれてくる、イシュトヴァーンの国を空ける非をならし、残虐非道なふるまいと臣下までも手にかけて恥じぬ凶暴さを非難して、ゴーラ王たるにはとうてい足りぬ人非人でしかないというビラによるものかもしれなかったが、若い者は、剣や棍棒を持ってこっそりと姿を消すものが増えた。いや、若くはないものも、家族に別れを告げて家で埃をかぶっていた弓矢や薪割り用の斧を手にし、家をあとにする者がいた。水面下でひそかに回っている檄――独自の王をいただいて恨みかさなるイシュトヴァーン・ゴーラの支配を脱せよ、という檄文の流れは、ひたひたと流れてやむことがなかった。

　各地に駐留しているゴーラ兵にもそれらの動きがわからないわけではなかった。彼らは自分たちがいる街がしだいに自分たちに敵意を募らせつつあることを肌身で感じ、居心地の悪さをつのらせていた。イシュトヴァーンへの敵意はあっても、ゴーラそのものへの敵意はそうでもなかったモンゴールの民たちが、急速にイシュトヴァーン・ゴーラへの疎外感を強めていく。

　夜間、武装をととのえた一軍がひそひそと裏道を行くのに気づいた者もいたかもしれない。しかし、モンゴールの民が動揺していることに気づきながらも、駐留ゴーラ兵たちは本国への報告を行わなかった。行った者がいたとしても、カメロンの死とともにゴーラのさまざまな命令系統は乱れに乱れていた。イシュトヴァーンもおらず、さまざまな内政を一手に引き受けていたカメロンも死んだとなると、ゴーラに対して一国としての反応を期待するのは難しかった。もともとのユラニアの官僚はいたがそれらは断片的に自分たちの仕事をしているばかりで、系統だった指揮ができるわけではなかったからである。なおかつ、それまでカメロンに完全に頼りきっていた内政は、彼の死によってほとんど動きを止めていた。そんな状態では、しょせんは一辺境にすぎぬと見られていたモンゴールに、多少不穏な動きありとしても報告しても無駄というものであったろう。もともと、イシュトヴァーンへの地下抵抗運動が絶えなかったこともあって、また今回もそのたぐいの動きだろうと思われた部分もあった。

ローラン大森林にひそやかに人間が集まってきた。トーラスに迫る大森林の奥には続々と人馬が集まってきて、息をひそめていた。モンゴール全体からあつまってきた軍隊は、トーラスを目前において、今にも襲いかからんと背中をたわめるかに見えた。

「いるかね、ゴダロおじさん」

牛乳屋のミトが忙しげに入ってきたのは天気のいい朝のことだった。

トーラスの朝。目覚めたばかりの街はあくびをしながら表に出て歯を磨いている者あり、洗面に使った水を表の溝に流している者あり、朝食の準備をする良いにおいが流れ、男たちは仕事の用意にせいをだし、どこかで赤ん坊が泣きわめき、犬がほえ、朝まだきの霧がゆるやかに流れてくるアレナ通りの〈煙とパイプ亭〉である。

「なんだね、ゴダロならまだねてるよ。ずいぶん早いじゃないかね、ミト」

オリーおばさんは外からくんできた水桶をえっちらおっちらと運びながら応じた。よちよちと水桶を持って釜に歩み寄り、ざっと中身を空けて、憤然と両手を腰に当ててミトを見やる。ここ数年でめっきり老け込んで、顔はくしゃくしゃに握りつぶした紙のようになっているが、それでも肉まんじゅうを作る腕のほうは衰えず、今では息子のダンが主人の〈煙とパイプ亭〉の名物であり続けている。

今朝もその仕込みを始めようとしていたところだったのだが、そこへあらわれた牛乳屋のミトは、妙にそわそわとして、何かに追いかけられてでもいるように背中を見返ってばかりいた。

「ゴダロおじいがねてるんならダンでもいいや。――あのな。どうやら、いくさがはじまりそうな気配だぜ」

「ええっ」

せわしなく火に薪をくべていたオリーは、驚いて薪を手から取り落とした。

「何を言い出すんだい、藪から棒に。いくさってどういうことだい。このトーラスに、軍が入ってくるってことなのかい」

「わからねえが、そうなるかもしれねえ。——おお、ダン、そこにいたかい」

粉の袋を背中に背負って裏口から入ってきたダンにミトはいった。片方の足を木で置き換えたダンは杖を器用に使いながら入ってくると、ミトを認めてしぶい顔をした。

「ミト、頼むから、うちのおふくろにゃあぶっそうなことは耳に入れてくれるなと言ってあるだろうが」

「ところが、そうも言ってられないんだよ、ダン。ローランの大森林の中に、大軍が集結してるって噂なんだが、そいつが、いよいよ今日明日にも、トーラスへ攻めてくるって話なんだ」

「ローランの大森林に？　大軍？」

動転してオリーはかまどのそばに座りこんだ。

「いったいそりゃ、どこの軍なんだい。クムやユラニアじゃないんだろう。まさかケイロニアなんてことはないんだろうね——あのグイン様がいらっしゃるお国が、わけもなくそんなことするはずもなし」

「前からちょいちょい、変なビラが流れてくることがあったろう」

ミトは辺りをはばかるようにきょろきょろしながら声をひそめた。

「ほれ、イシュトヴァーン王はゴーラ王にふさわしくない、もっとふさわしい人間が王座に就くべきだとか、なんとか——そのビラを撒いてた奴らが、軍を集めて、このトーラスに入ってこようとしてるんだとさ」

「なんだって。いったい、どうして」

オリーは仰天した。

「イシュトヴァーン王さまがどうだか知らないけど、それが、トーラスにどう関係があるっていうんだい」

「なんでも、イシュトヴァーン王のむすこのドリアン王子さま——アムネリス大公さまの息子さまでもあるお方——を、ここで、このトーラスでゴーラ王の地位に就けて、イシュトヴァーン王のお株をとっちまおうって話らしいんだよ」

「それも、そのビラに書いてあったっていうのかい」

「だいたいだよ、だいたいのことをつなぎあわせると、どうもそういうことらしいんだ。……ダン、お前さんだって、トーラスの中から駐留軍を襲おうって仲間に呼ばれてただろう。あれはどうしたんだね」

「俺は断った」

ぶっきらぼうにダンは答えた。

「俺にゃあ、養わなきゃならねえ年取った親も、妻もちいせえ子供もいるんだ。もういまさら剣を振りまわしてどうのこうのって話にゃのってられねえ。しかし、それじゃミト、トーラス義勇軍にとうとう行動の合図が下ったのかね」

「あれ、トーラス義勇軍だなんて、お前そんな危ないこと」

「どうもそうらしいよ。うちの隣近所でも、若い男がこっそり姿を隠して出入りすることが続いてたが、ここ数日、すっかり姿を見なくなったのが多い。薪屋のケスも、粉屋のルバンもみんなそうだ。それにルバンはいつだったか、怪我したイシュトヴァーン王がトーラスへ来てたとき、弓で射殺してやるって息巻いてた。捕まりゃしなかったが、どうやらほんとに矢を射かけたって話も聞いてる。あいつらがみんなそろって姿を消してるときちゃ、いよいよ決行は近いって考えるのがすじじゃねえか」

「それでミト、あんた、そんな話をあたしたちのとこへ持ってきてどうしようっていうんだい」

おろおろした声でオリーが言った。

「そりゃあ、オリーおっかあ、あんたたちに逃げろっていうためにさ」

心配そうにミトは言った。

「あんたんちは年寄りふたりに女ひとり、小さい子供もいて、おまけにたったひとりの男手のダンは片一方の足がない。もしトーラスの市街が戦場になりでもしたら、ひとたまりもないってのはこのことだ。まだ出入りが自由なうちに、身の回りのものだけでもまとめて逃げておいた方がいいんじゃないかねえ」

「何言ってやがんだ、この、腰抜け野郎」

「おや、おじいさん、起きたんですかね」

　オリーが目を上げた。奥の階段から、ゴダロ老人が、壁につかまるようにしてそろそろと階段を降りてくるところだった。もともと、目も見えず足もともふらつきがちだったのが、最近はめっきり老け込んで、意地を張って動き回ってはいるが本当はもう寝台から動かないほうがいいような弱り方であったのだ。

「朝っぱらからぎゃあつくうるさいと思ってきてみれば、なんちゅう話を持ってきとるんだ。わしはわしの店を動かんよ。ここはわしの店だ。わしのうちだ。いくさになろうが何になろうが、わしがわしのうちを出ていかなけりゃならん理由がどこにある」

「だがねえ、ゴダロじいさん、あんたも目が見えないし、足だってもうほとんどきかないじゃないか」

　ミトは気の毒そうな声を出した。

「だいたい、あんたはこの店と心中できればそれでいいかもしれんが、若いもんのことを考えてやらなきゃいけねえ。アリスと子供たちはどうすんだい。ダンだってまだまだ若いんだ、先のある身で、いくさにまきこまれていけなくなっちまっちゃあどうしようもないってもんじゃないか」

「俺だってこの店を離れる気はないよ、ミト」

強い調子でダンが言った。

「ここは俺が育った家で、今は俺の店だ。おっかあの肉まんじゅうとつぼ煮を食べに、お偉方からその辺の子供まで、お客が群れなしてやってくる、そんな店に、俺は誇りを持ってる。足が一本くらいなくたって、俺だって男だ。アリスと子供らを守ってやれなくてどうする」

「見ろ、ミト。ダンだってそういってら」

ゴダロは階段の途中でしんどそうに息をついた。ダンが粉の袋をおろして、父親を助けおろしに半分階段を上った。ゴダロはいらだたしそうにその手を払いのけ、

「かまうな、ダン。わしは確かに老いぼれて、この通り目もだめだし、足だってきかんが、わしの店はわしの城だ。わしの城をすてて逃げるなんてことがどうしてできる。逃げるならそこのばばあと、アリスと子供らだけで十分だ。わしはごめんこうむる」

「だ、だいたい、モンゴール義勇軍ってのと、そのローランの森に集まってる軍勢とが、トーラスに駐留してるゴーラの軍勢と戦うことになるっていうんだろう……？」

震える声でオリーがただした。

「だったら、だったらどっちもモンゴールの者どうしみたいなもんじゃないのかい……そんなら、いくさになるっていったって、そんなにひどいことにならずに済むんじゃな

いのかい……？」

「だから、俺が気になるのはその先さ、オリーおっかあ」

　ミトの顔は暗く陰った。

「イシュトヴァーン王はトーラスでそんなことが起こったと知ったらたちまち怒って攻め寄せてくるだろう。軍神と名高いイシュトヴァーン王のことだ、そうなったら、トーラスそのものがどうなっちまうかわからない、俺はそれをおそれるんだよ」

「だ――だって、その王子さま――ドリアンさま――は、イシュトヴァーン王さまのむすこなんだろう？　血をわけたむすこなんだろう？　だったらそんな、ひどいこと――」

「王族なんてものは、血を分けたものほど残酷に扱うって話だぜ、オリーおっかあ」

　ミトが恐ろしそうに言った。

「ましてや、ドリアンさまに関しちゃイシュトヴァーン王はもともと、ほとんど構ったこともなくってアムネリスさまが亡くなられたあともずっと王子宮に放りっぱなしだったとか――そんな、かわいくもないむすこなら、取り返すのなんのってよりばっさり反乱軍といっしょに焼き殺しちまえとなるかもしれない。トーラスごと火をかけられるかもしれないんだぜ、ゴダロじいさん。もしそうなったら、どうやって逃げ延びるつもりなんだい」

　ゴダロは壁をつたって歩き、いつもかけている揺り椅子にふらつきながら転げ込んだ。

「逃げ延びるのなんのって話じゃねえ。わしは、わしの店を離れるつもりはない、それだけだ。あんたが逃げるってんなら好きにすりゃあいいが、わしのことは放っといてもらおうか」

「そんなに言うならあんたは好きにしたらいいが、若いもんたちや子供らはどうなるんだい——アリスや子供たちは」

　ミトがそう言ったとき、「あら、ミトおじさん」と声がして、裏口から一方の手にかごを、もう一方の手に赤ん坊を抱いた、小柄でかわいらしいアリスが入ってきた。エプロンの左右にはそれぞれ、おっとりした顔つきの女の子ときかん気そうな男の子が、場所を争うようにしてしがみついている。

「今日はずいぶん早いのね。どうかしたの？」と問いかけて、漂う不穏な空気に気づいたようにとまどった顔をした。

「やだ、何なの？　とうさんもかあさんもダンも、みんな怖い顔をして」

「なんでもない」

　誰もなにも言わないうちに、ダンがすばやく言った。

「ちょっとした噂話だ。——おまえ、今朝の分の洗濯はもうしたのかい。まだなら早く行ってきな。今日はいい天気だから、洗濯場が混むかもしれねえ」

アリスはふだん無口な夫が妙に長くしゃべったことに驚いているようだったが、あらがいはせずに手にしたかごを裏口におき、洗濯桶を手に持った。赤ん坊が泣き声を立て、男の子と女の子がそれぞれまん丸い目で母親を見上げる。

「あんたの孫たちなんだよ、ゴダロおやじ」

アリスと子供たちが洗濯場へ出かけていってしまうと、ミトはさとすようにゴダロにいってまぶしげに街路のほうに目をやった。

「あの子たちをあんたのわがままで危険にさらすようなことがあっていいと思うのかい。――ほかにも何人も、トーラスから逃げ出してる奴らがいるんだ。あんたたちが逃げたって、誰も笑いやしねえよ」

さすがに嫁と幼い孫たちを前にしてしまうと強情我慢も揺れ動くのか、ゴダロは黙って顔を伏せている。オリーはひたすらおろおろして、黙する夫と息子を交互に見比べているばかりである。

3

「だが、どうせ土民の寄せ集めの軍に過ぎぬのだろう」

　ゴーラ・トーラス駐留軍司令官ガドスは言った。斥候に出ていた兵士が戻ってきて、報告をしていたところだった。先日来、街に流れているローラン大森林に大軍が集結して機を狙っているという噂に応じて、森林に斥候を放ってみたのだが、彼らが見つけたものは、木々の間に伏した小集団ばかりだった。

「イシュトヴァーン王がここに滞在されたときのようなものだ」

　ガドスは思いだしていた。イシュトヴァーンがルードの森外の草原で豹頭王グインとの一騎打ちで負傷したとき、ひとまず近くの拠点ということでトーラスに担ぎ込まれて治療を受けていたのだが、その間じゅう、暗殺や襲撃の企てがひきもきらずにゴーラ軍を苦しめた。イシュトヴァーンを守る近衛隊はもちろん、トーラスを預けられた駐留軍も反ゴーラ集団の摘発に走り回ったものだが、今回もそれと同じように、結局小勢が集まっているだけなのが尾ひれがついて噂になっているだけなのだろう。

　前回はイシュトヴァーン王という明確な標的がいたから動きが活発だったが、今回は特にそういう相手はいない。トーラスはゴーラの支配下にあるとはいえモンゴール大公国の首都でもある。旧モンゴール勢力がわざわざ襲うような場所とも思われない。

「特に対策をとる必要もあるまい。ただし巡回は頻繁にせよ。念のためだ。夜の見張りも二倍に増やせ。用心に越したことはない」

「イシュタールではドリアン王子が誘拐されて大変な騒ぎだということですが」

　副官のタミラスが横から言った。

「何かそのことと関連があるとは思われませんか――もしかしたらドリアン王子をさらった一党がこのあたりに来ているかもしれません」

「だからといってトーラスに入る理由もなかろう。もともとドリアン王子はモンゴール大公に任命されているのだ。誘拐した者どもが何を考えているかは知らんが、トーラスに連れてくる理由はないはずだ」

「妙なビラが市民の間に流通しております。イシュトヴァーン王の王権を疑い、もっと別の人間を王に推すべきだとほのめかすものが」

「そのようなビラなら前からもあっただろう。モンゴールの者どもはとにかくイシュトヴァーン王がアムネリス大公を幽閉して死に至らしめたことが許しがたいとみえる。イシュトヴァーン王の悪逆非道を鳴らしてその王座にけちをつけようとするたくらみなら今までにいくらもあったではないか」

タミラスはいくぶん不服そうに口を閉ざした。ガドスは窓によって、遠くにひっそりと埋まる緑のローラン大森林を見やった。

(このような田舎に派遣されたのが貧乏くじというものだ)

もともとガドスはイシュタールでルアー騎士団の一員としてイシュトヴァーン・パレスの警護に就いていた。それが、酒場の女とすったもんだを起こしたせいで任務をはずされ、騎士団からも除名されてトーラス駐留軍の指揮官とされたのだ。

実際の地位はどうあれ、辺境も近いトーラスの指揮官という役職はガドスにとっては不服なものだった。にぎわうイシュタールが恋しかった。いっそ何か大きな反乱でも起これぱいい、とすらガドスは思っていた。それを平定すればその功績でまたイシュタールに戻れることもあるだろう。

ゴーラ軍はトーラスでは人気がない。人気がないというより、明確にではないが敵意の対象とされていると感じることもある。体よく左遷された上、少し歩けばすぐに森林に入ってしまうような田舎で人の敵意にさらされて暮らすことが快適であるはずはない。事あれかしと望むのが駐留軍指揮官として外れているのはわかっていたが、このまま事もない日々が続けば、それは同時にこの土地での任務が長引くことを意味する。

考えると苛々した。森林に潜んでいるという反乱軍に兵を出して一掃する考えをもてあそんだが、ひとつ潰したところで後から後からわいて出てくるものにいちいち兵を出すのも合理的ではない。このまま中央に帰ることもなくこの田舎で腐っていくことを考えるとうんざりする。

その夜のことだった。自室で眠っていたガドスは、突然のあわただしい音と急なノックの音にたたき起こされた。「何だ！」と叫ぶ。

「て、敵襲です！」

タミラスの声はかん高かった。

「四方からおびただしい数の敵軍が出現して、トーラスを包囲しています！　旗印はモンゴールのもので、おそらくは反乱軍の一党と思われます！」

最初に思ったことは、自分はまだ眠っていて夢を見ているのではないかということだった。あまりに一事あることを願いすぎていたせいで、そういう夢を見ているのではないかと。だが、夢は覚める気配はなかった。ガドスは寝台を飛びおり、あわただしく身支度をしながら外へ向かって声をかけた。

「数はどれほどだ！」

「暗くて確たることはわかりませんが、二万は確実にいるかと……」

「何だと」とガドスは思わず呻いていた。斥候が持ち帰ってきた報告によれば、森林に伏せていた反乱軍はどれも千に満たない小集団で、集合したとしても一万に行くか行かないか。それも寄せ集めの集団で、とうてい正面からトーラスにかかってくる力などないだろうと思っていたのだ。

「しかもなぜ、トーラスなのだ？　奴らはモンゴール反乱軍ではないのか。モンゴールの人間がなぜトーラスを襲う」

「わかりません。お早く！　奴らはひたひたと攻め込んできています！」

ガドスは甲冑を着込んで扉を開け、タミラスをつれて階段を駆け下りた。街の外が赤く染まっていた。わあっわあっという喊声が聞こえてくる。立ちのぼる炎と火の粉が、ちらっと視界を舐めた。

「タミラス、状況は？」

「駐留軍第一部隊、第二部隊で西から来る部隊を相手取っています。第三部隊、第四部隊は東を。しかし、あまりにも数が多く、街を囲むように迫ってくるため、戦線が薄くなって手が回りきらずにいる状態です」

「ええい、土民どもが！」

ひとまずガドスは馬を西に向けた。そちらがもっとも激戦らしく、あがる叫喚も炎の色もひときわ濃かった。

馬を駆って駆けつけると、そこはすでに乱戦のちまただった。馬と馬が入り乱れ、人影が鋭く交錯する。激しい剣戟の音が響き、悲鳴やおめき声、濃い血のにおいがさっと立つ。馬上から引きずり下ろされて鎧の隙間に剣を突き立てられた騎士が手足を突っ張らせて息絶える。手に手にかかげた松明が揺れ、したたる血の色を黒々と照らし出す。寄せ手は装備を調(ととの)えた騎士を先頭に立ててきていた。背後から弓隊が篝火(かがりび)をめがけてつぎつぎと矢を射る。篝火が崩れてできた暗闇に兵が右往左往するうちに、徒歩だちのものが飛びかかって胸や首を剣で突き通す。

トーラス駐留軍はけっして弱兵ではなかったが、夜、しかも突然の襲撃であったことで、勢いがそがれているのは否めなかった。トーラスはまず襲われないだろうという油断があったこともある。しかも相手は予想以上に数が多かった。五千の駐留軍に対して倍、もしくは三倍の数が一気に攻めかけてきていた。ひとりの騎士がたちまち数名の騎士に囲まれて切り刻まれる。馬を捨てて斬り合いに入った戦士にも、何人もの人間が殺到してめった刺しにする。首が転がり、切り飛ばされた手や足が入り乱れる人に踏みにじられる。負傷者のうめきや断末魔の叫びがあたりに響き、傷ついた馬がどっと横倒しになって悲しい悲鳴をあげる。

「伝令！　伝令！」

ガドスは呼び立てた。しかし答えがない。すでに殺されてしまったのか、それともこの叫喚の中では声が届かないのか、呼びかけに応じて駆けつけてくるものは誰もなかった。歯ぎしりしてガドスは前を向いた。

タミラスが叫びながらあとを追ってくる。振り向いて、「東に回れ！　あちらの指揮をとれ！」と叫ぼうとしたとき、タミラスが馬のまま横に吹き飛んだ。突進してきた騎士に横から馬で体当たりされたのだ。鞍から落ちたタミラスに、四方から敵が覆いかぶさる。数瞬のうちに、タミラスの姿は重なり合う背中の下に消えた。

「おのれ！」

ガドスは剣を引き抜き、相手の篝火の下に黙然と立っている指揮官らしき影に向かって走った。

「名を名乗れ！　名乗るような名があればだがな」

「俺はアリオン伯爵」

相手は低く名乗った。

「モンゴールとゴーラの新しき日のために戦うものだ」

「たわごとを！」

二本の剣が激しくぶつかった。月明かりのもとで、二頭の馬がぐるりと回って対峙した。ガドスは激しくおめいて相手の方を袈裟懸け（けさが）に切り下ろしたが、それは鎧にはじかれて火花を散らしたに留まった。アリオンはぐるぐると馬を回して隙を狙い、ガドスの喉あての隙間めがけて鋭く剣を突き出した。切っ先は鎖帷子（くさりかたびら）にあたって通らなかったが、喉を強打されたガドスはむせて思わず身体を前へ丸めた。すかさずアリオンが斬ってかかる。鎧の背中に剣があたってかんと音を立てた。ガドスはむせながらも顔を上げ、相手のかぶとのまびさしの下を狙って剣を切り上げた。がつんと音がしてアリオンがのけぞった。喉めがけて剣を横になぎ払う。

アリオンは危うく飛びすさってこれを避けた。馬があがいて嘶く。アリオンは馬首をまわして距離をとると、ふたたびだっとガドスに向けてつっかけた。ガドスがこれを受けようとして剣をあげかけたとき、飛来した矢が、ガドスの馬の首につき立った。

馬は悲鳴をあげて跳ねた。ガドスはたまらずに鞍から放り出され、どっと地面に転がった。かぶとが脱げて転がっていく。汗まみれの顔がむき出しになる。ガドスは罵り、起き上がろうとして手探りした。

その上にぬっと影が落ちる。アリオンは剣を高々と上げると、ひと息に振り下ろした。ガドスの首が胴体を離れて転がった。声一つないまま、血が噴出して地面を染めた。血だまりの中で動かなくなっていくガドスの死骸をちらりと見て、アリオンは剣を一振りして血を払った。

「伝令！」

アリオンは叫んだ。小柄な伝令兵がすぐに走り寄ってくる。

「トーラス市内に入る！　一番隊、二番隊は私についてこい！　三番隊以下は敵兵の掃討に専念せよ！　一兵も残すな、いいか！」

「了解しました！」

伝令が駆け出していく。ほどなく人が集まってきた。トーラス駐留軍はほとんど死ぬか、傷つくかして抵抗するものはいなくなっている。百名ほど集まったところで、アリオンはさっと剣をかかげた。

「トーラスに入る！　皆、続け！」

どどどどど……と馬蹄の音が続く。左右からぱらぱらと矢が飛んできたが、マントを頭にかかげ、馬上に身を倒して避ける。市街に残っている兵が破れかぶれでつっこんでくるのを、取り囲むようにして切り倒し、疾風のように街路を駆ける。

市庁舎のまわりにはまだ三十名ほどの兵が守備に残っていた。「散開！」アリオンが手を上げて命じると、応じた部隊がすぐに距離をとってひろがる。市庁舎の守備隊は半数ほどが歩兵だったが、すでにこの勢いに任せて突進してくる騎馬隊に気後れしているように思えた。一気に馬を突っかけて飛び込むと、突き出された槍の穂が篝火にぎらりと光った。散開した部隊は馬を回して馬上から歩兵をなぎ払ってまわり、騎兵には真正面からぶつかっていった。剣戟の音が市庁舎前の広場に響きわたった。火花を散らす剣と剣とのぶつかりあいが夜の空気を揺るがした。

「無傷のもの、軽傷のものは集まれ！　重傷のものは後続に任せて手当を！」

アリオンが吠える。市街や負傷者が散乱する石畳の上で隊列を整えなおす。守備隊はほとんど壊滅し、血だまりの中にうめき声をたてる負傷者や死体が散らばって、惨憺たるありさまをみせていた。

　市庁舎の鍵を蹴り開けて中に入る。中ではまだ残って仕事をしていた官僚たちが真っ青になって震え上がっていた。

「われわれは侵略軍ではない。モンゴールの独立を願う反乱軍だ」

　アリオンは言った。

「この中に市長はいるか？　いればすぐ会いたいのだが」

　市長はすでに職務を終わって自宅へ帰っていた。事務官のひとりが呼びに走らされた。選ばれた男は青ざめて震え上がったまま蹌踉と出ていった。一ザンほどたって市長が呼び出されてやってきた。時ならぬいくさの物音にすでに目は覚ましていたらしく、目は血走り、髪の毛は逆立って、衣服も乱れがちになっていた。

「トーラス市長のメリアスでございます」

　細い震え声で彼は言った。

「いったい、これは何事で……」

「われわれはモンゴールの真の独立を願う軍だ」

　アリオンは言った。

「明日の朝、市民に金蠍宮前の広場に集まるように招集をかけてもらいたい。何も乱暴なことをしようというのではない、モンゴールのために大切なことを告げ知らせようというだけだ」

「は、それは、了解いたしましたが、その……」

返り血で赤く染まったアリオンらの鎧にすっかり青ざめてしまったメリアス市長は、首をちぢめて震えている。

「大丈夫だ。これはトーラスに巣くうゴーラの虫どもを片づけただけのことだ。明日われわれは、モンゴールの未来に関する重大な発表を行う。それをまず、トーラス市民に聞いてもらいたいだけだ。是非協力してもらいたい」

「は……」

アリオンの言葉を信じたと言うよりも、血で染まった鎧のほうが力を発揮したに違いない。

「それでは、その……職員を集めて、布告を作らせることを……ただ、今は職員がおりませんので、朝になるまで少々お待ちをいただきたいのですが――」

「部隊から迎えを出す。必要な者の名前と住んでいるところをここに書け」

震えながらメリアス市長は言われたとおりにした。三十名ほどのそれを部下に分配し、アリオンは暗い街へ部下を出ていかせた。少しずつ夜が明け始めていた。東の空に白い筋が走り、夜が紫色からすみれ色へと色を変えていく。

徐々に職員が集まってきた。みな戦いの音におびえ、市庁舎前の酸鼻(さんび)なありさまに震え上がって、紙のような顔色をしている。気分が悪そうに口に手を当てている者もいる。メリアス市長は震える声で彼らに、市民を金蠍宮前に集める布告を作るように命じた。

「それに市庁舎前をあのままにしておくわけにはいかんな。朝までに片づけるようにしよう。血はどうにもならんが死体は片づけさせよう」

部下の騎士たちが出ていって死体を運び、負傷者には手当を受けさせるか、持たないようならばとどめを刺して運び出す。ひとまず市庁舎のいちばん広い会議室に並べられた。あちこちに血だまりや血しぶきが残るが、やがて、市庁舎前は元の姿を取りもどした。

朝の光がトーラスに差してくる。布告を携えた職員が街角に貼り出しに散っていった。布告には、正午に金蠍宮の前へと集まるように、市民に呼びかける旨書かれていた。

その朝はいつもの朝より静かだった。昨晩のいくさの物音で眠りを破られたトーラス市民は、いつもよりおそるおそる起き出し、びくびくしながら戸を開け、同じようにおびえた顔の隣近所と顔を見合わせた。市庁舎以外の場所では一見、変わったこともないようにみえたが、ほとんど一晩中続いた戦いの叫喚や剣戟の音は、純朴なトーラス市民の心胆を寒からしめてやまなかったのである。

「オリーかあさん、表になんだか張り紙が出てるわ」

こわごわ様子を見に出ていったアリスがそう言って戻ってきた。

「正午に金蠍宮の前に集まれって書いてあるそうだけど、どうしたらいいのかしら」

「おまえは家にいろ。俺が行ってくる」

ダンが断固として言った。

「たぶんこないだミトが言いに来たローラン大森林に伏せてた軍勢ってやつだろう。昨晩はずっと戦う物音がしてたからな。どっちが勝ったのかは知らないが、市庁舎を押さえたんなら今すぐ俺たちをどうこうすることはなさそうだ。俺が行って、様子を見てくる」

「大丈夫なのかねえ」

オリーがおろおろという。今朝はいつもかかさない肉まんじゅうの仕込みも手につかず、水を汲んできただけでかまどはまだ冷えたままだ。

「おじいさんはすっかり気が立って、ベッドから落ちかねないし危なくて下へ下ろせやしないよ。まさか、ダン、街のみんなを集めてどうこうしようっていうつもりなんじゃあるまいね、あっちは」

「そんなこたあるまいと思うよ、おっかあ。一応ちゃんと市庁舎を通して布告を出してんだ。少なくとも今は、俺たちに手出しする気があるとは思えねえ」

「心配だわ、ダン」

アリスが細い声をあげて必死に訴えた。

「行かない方がいいんじゃないかしら。ほら、以前、タヴィアおねえさんが子供を産んだときに、店にやってきたあいつらみたいなならず者、あんな奴らが、集まっているっていうことはないの」

「それも行ってみなけりゃわからねえ。どっちにしろ、モンゴールのために大事なことを発表するっていうんだ。いって聞いてみなけりゃはじまらねえだろう」

正午が近くなるにつれて金蠍宮前は人で埋まりはじめた。アムネリスがイシュトヴァーンによってアルセイスへ連れ去られてから、ほとんど入るものもなく、使うものもない宮殿である。むろん、毎日の掃除や片づけ、貴人がやってきたときに使用に耐えるよう手入れは滞りなく行われているが、やはり主のない王宮というものはどこかうつろな、ものがなしい雰囲気を持っているものである。最近ではイシュトヴァーンが傷を養うために金蠍宮に入ったこともあったが、その時には、すでにイシュトヴァーンはモンゴールの敵であった。暗殺や襲撃の計画が頻々と行われ、金蠍宮はむしろ王宮というより敵の砦のように扱われていた。そのイシュトヴァーンが去って、金蠍宮はまたもとの、どこかうつろな、巨大な姿を取りもどしていた。

ダンも正午の少し前に広場に到着した。すでにほとんど広場は人で埋まって、ダンはかなりうしろのほうで足を止めなければならなかった。まだ血の臭いの濃い広場には、ダン同様に昨晩のいくさの物音で心をかき乱された人々が、蒼白くそそけだった顔をして肩を並べていた。

ダンは後ろから押されるまま少しずつ前へと進んだ。王宮のテラスの前には、武装をととのえた騎士が十名ほど立っている。鉄色のかぶとのゴーラ兵ではない。もっと寄せ集めの感じで、肩にそろってモンゴールの黒蠍の印をつけている。宮殿の上ではいつものゴーラ旗は引き下ろされ、モンゴールの旗だけが風になびいてゆるやかに揺れていた。

（モンゴールの……）

モンゴールの旗だけがああして掲げられているのを見るのは久しぶりだった。モンゴールがゴーラの支配下に入ってからというもの、金蠍宮にはいつもモンゴールの旗といっしょにゴーラの六芒星に人面の蛇を配した旗が揺れていた。こうしてモンゴールの旗だけが掲げられているのは、遠い昔のように思えるころ、モンゴールがまだ三大公国として独立国家であった時以来だった。

（久しぶりだ、モンゴールの旗をこんな風にして見るのも……）

青い空の下で、モンゴールの蠍（さそり）は生きて蠢くように揺らめき続けている。ダンは目を離すことができずに遠い王宮の上になびく故国の旗を見つめていた。

動きがあった。金蠍宮のテラスに人が動き、かぶとを小脇に抱えた軍人が前に進み出てきた。ダンは知らなかったが、それはアリオンだった。

「故国の民よ、同胞たちよ。今日ここに集まってくれたことに礼を言う」

アリオンは、集まったトーラス市民をひと渡り見渡すと、軽くうなずき、重々しく口を開いた。

「われわれはイシュトヴァーン・ゴーラの支配をはねのけ、モンゴールに真の独立をもたらそうとする者たちである。モンゴールはこれまで、二度の蹂躙を受けてきた。一度は黒竜戦役のおり、諸国連合軍によって。二度目はかの裏切り者、流血王イシュトヴァーンによって」

アリオンは言葉を切って、自分の言葉が充分伝わっているかどうか確かめるように全体を見渡した。そして続けた。

「かのイシュトヴァーン王はモンゴールの正統なる統治者であるアムネリス大公殿下を幽閉し、死なせた。またその流血の欲求の赴くままに国を空け、遠征を繰り返し、圧政に抵抗するわれらモンゴールの民を虐殺した」

アムネリスとイシュトヴァーンがトーラスを回復したあのとき、夢中になって「イシュトヴァーン万歳！」を叫んだものも群衆の中にはいたことだろう。その時の高揚する気持ち、踊り出したいような胸の高鳴りは、だが今は灰に変わって冷え果てている。妻となり、自分に地位と栄光を与えたアムネリス大公を裏切って幽閉の獄に下したとき、モンゴール国民すべての心はイシュトヴァーンに対してそむいたのだった。

「もはやイシュトヴァーンの支配には堪え得ない、そう考えるものも多かろう。われわれもそう考えるものである。また、イシュトヴァーンはいまゴーラを空け、パロを蹂躙しその場に居座って動かぬばかりか、それをいさめようとしたカメロン宰相までも自らの手で殺した。——このような男に、王冠を預けておくことなどとうていできぬ話だ」

「そうだ！」とふいに誰かが叫んだ。それにつられるように、いくつか、そうだ、そうだ、と続く声があがった。群衆のほとんどはまだ何が始まるのか警戒した様子で口を閉じていたが、イシュトヴァーンの名が口にされるたびに、かすかに、恐怖とも怒りともつかぬざわめきが人々の上を走った。

「われわれはモンゴール正統のお世継ぎであるお方をイシュタールのイシュトヴァーン・パレスよりお連れした。このお方こそ、真にモンゴールを、そして、よろしき後ろ盾を得てゴーラの玉座に着くべき方であるとわれらは信じる。見よ、この方を！」

アリオンはかたわらから、黒髪がくるくると巻いた二歳ほどの幼児を抱きあげて高く差しあげた。幼児は奇妙なくらい静かにしていた。もし見る目のあるものが見れば、鎮静効果のある薬が使われていると見抜いただろうが、テラスと地面に隔てられていればそのようなことを見て取ることはできない。

「この方こそなきアムネリス大公殿下の遺児にして、モンゴール大公たるドリアン王子である」

アリオンは叫んだ。

「そして、ゴーラの王太子でもある――あのイシュトヴァーンの血を引くことは残念ながら、それによって、ゴーラの王座を継ぐ権利をもまた得ておられる。人々よ、われらは、この王子をもり立ててかの殺人王を血と裏切りであがなった玉座から逐おうではないか。血に汚れた手から王錫をもぎとり、罪なき幼子の手にそれを渡そうではないか」

ざわっと群衆が揺れた。「そうだ！」と叫んだ数人も、思わぬ言葉が出たというように黙りこんでいる。抱きあげられた幼児はそのような王座などという言葉にはまったくふさわしくないほど弱々しく幼くみえた。そのことを知ってアリオンはすかさず、

「われらの後ろ盾は多い。諸君らモンゴールの民はむろん、モンゴールが三大公国の昔のように独立独歩の一国として進んでいくことを望んでくれるだろう。われわれに賛同するものはたくさんいる。ここに詳細をあげるわけには行かぬが、ゴーラ軍が攻めてきたとしても充分対抗できるだけの戦力は集められている。イシュトヴァーン王は宰相カメロン卿を殺し、今もパロに引きこもっている。国を空けている王が、その間に王座を逐われることは歴史にも見られることだ。ドリアン王子をゴーラ王として、われわれは、イシュトヴァーン王へ反乱ののろしをあげる！」

ざわざわっと大きく群衆がどよめいた。抱きあげられている幼げな子供が、ぼんやりと頭を動かしてあたりを見渡した。イシュトヴァーンの戦神ぶりを記憶しているものも

多い中では、はたしてこの幼い子供が、イシュトヴァーンに相対できるほどの力を持つと信じてよいものかどうかという動揺が走ったに違いない。

「また……いくさになりますんでしょうか」

群衆の中ほどにいた老人が、おぼつかなげに手を上げて問いかけた。

「われわれは負けぬ！」

アリオンは激しく言い放った。

「なきアムネリス大公のお恨みを必ず晴らし、イシュトヴァーンの首を取って、モンゴールをゴーラの桎梏（しっこく）から解き放ってみせる！　そのためにこそわれらは立ったのだ。かならずドリアン王子をゴーラ王とし、モンゴールの独立を達成してみせる！　案ずるな、モンゴールの民たちよ！　われわれは必ず勝つ！」

「モンゴール！」

一番前に立っていた若い男が拳を突きあげて叫んだ。それに釣られたように、若いものを中心に、「モンゴール！　モンゴール！」という叫びがあがり、少しずつまわりにひろがっていった。いくさになるのかと問いかけた老人はもみ合う群衆の中に飲みこまれて見えなくなってしまった。

「モンゴール！　モンゴール！」

「モンゴール！　モンゴール！」

何かに突き動かされるように叫び続ける群衆をあとにして、アリオンはテラスから引っこんだ。うしろのほうで、この成り行きを呆然と眺めていたダンは、群衆が散り始めると急いで踵を返して〈煙とパイプ亭〉へ戻るべく走り出した。

（いくさになる――）

冷たい汗が、ダンの背筋をつたっていた。

4

パロのクリスタル・パレス——

かつてのように忙しげに行き来する侍従や小姓のすがたも、あでやかに装った貴婦人がたのすがたも、銀の鎧をきらめかせて近衛にたつ聖騎士のすがたもない。

空ばかりは青くどこまでも晴れて、ルアーの塔、ヤヌスの塔、サリアの塔、そのほかおびただしく空を摩するパレスの塔を白くきらめかせている。

ひたすら、しんと静まりかえり、庭園の木々の葉をゆらめかす風さえ死に絶えたかのような静けさの中を、さらさらと衣擦れの音を立てながら歩いていくものがある。

夜のような黒髪、星のない夜空の瞳、すんなりと伸びた鼻筋に細いおとがい、まるで天上の工人がその最高の腕をふるったかのような麗姿——アルド・ナリスは、斜めに陽光の差し込む白い回廊をしずしずと進んでいくところであった。

白い長いトーガに紫の掛け布をかけ、銀糸のサッシュで腰を巻いて、その端を長く垂らしている。その白と銀と紫の姿は、しんと鎮まって動きのないパレスの中の空気に、美しい一陣の風のように通りすぎていくのである。

　精緻な彫像が点在する中庭をまわって、ナリスは、水色の布を入り口に引いた一室の扉をくぐった。中へ入るとすぐに、鬱屈と、悲哀と、慚愧（ざんき）の思いがこごって重い塊になったような空気がナリスを出迎えた。寝台の上に大の字になって、その空気の大元がいた。イシュトヴァーンは、うつろな目でベッドの天蓋を見上げたまま、もう数ザンも、身じろぎ一つしていなかったのである。

「イシュトヴァーン」

　やさしい声でナリスは呼びかけた。

「イシュトヴァーン——イシュトヴァーン。起きているの？　私だよ」

　イシュトヴァーンはのろのろと首を動かしかけたが、それも力が出ぬというかのようにまた枕の上に頭を落としてしまった。ナリスはベッドのそばまで行くと、そっとその端に腰をかけて、イシュトヴァーンのすっかりそげてしまった頰をそっとさすった。

「可哀想に、すっかり痩せてしまって——少しはものも食べないといけないよ。なんということだろうね！　昔は、ものを食べろと言われるのは私の役目だったのに。リギアやヴァレリウスが聞いたらさぞかし驚くことだろうよ。それとも笑うだろうかね。この私が、ひとにものを食べろというなんてね！」

「ナリス様——」

イシュトヴァーンはのろのろと手を上げた。そうして、その手で顔をおおった。

「ナリス様――今は、なんにもいらねえ――いらねえんだ。こうして目をつぶると、カメロンの――カメロンの顔ばっかり――浮かんできやがって――」

ナリスは何か低く慰めめいたことを呟いた。「くそっ」と弱々しくイシュトヴァーンはうめき、ごろりとナリスに背を向けた。

「ナリス様――あれは――あれは俺のせいじゃねえんだ。カメロンが勝手に俺の剣へ倒れかかってきやがっただけなんだ。あなたならわかってくれるよな？　マルコの奴は俺が殺したっていうけど、俺は――そんなつもりじゃ――」

「もちろん、わかっているとも、可哀想なイシュトヴァーン」

そっとナリスは言った。

「お前はいつも、愛するものに去られ、置き去りにされ、ひとりぼっちにされてきた。――それでいい、と思ったこともあったろう。でも本当は、お前ほど寂しがりの、いつも誰かがそばにいてほしいと願う人間はいないのだよ。カメロンはお前のそばにいる数少ない人物だった。でも死んでしまって、またお前を置き去りにした。可哀想に、イシュトヴァーン、お前はいつも、愛するものに去られてばかりいる」

「そう思うかい？」

くるりと起き直って、イシュトヴァーンはナリスの腕をとらえた。

「あなただけだ、ナリス様——そんな風に、俺にむかって言ってくれるのは。ほかの奴らはみんな、俺が殺した、流血王、残虐な、殺人王とばかり言ってるけれど、俺はいつだって、無駄に人を殺したりはしてねえんだ——とんでもない、俺は、いつだってやらなきゃならねえことをやっただけだ。そりゃあ、なんかの間違いで斬っちまったり、勢いあまってやっちまったことはありゃあしたが、そいつは俺が悪いんじゃねえ。あいつらが勝手に俺の前に飛びだしてきやがっただけで、俺はなんも悪いことなんかねえんだ。俺はイシュトヴァーンだ、ゴーラ王イシュトヴァーン——もし、あなた以外の人間で俺を可哀想呼ばわりするような奴があったら俺は許さねえだろう、だけどあなたは特別だ——ナリス様——あんたにこうされてると、なんか、覚えてもねえおふくろの膝に抱かれて揺られてるような気がする……」

「ゴーラ王イシュトヴァーン」

そう呟くと、ナリスはイシュトヴァーンの腕をそっととらえた。

「ゴーラ王イシュトヴァーン——少し、衝撃的なことを伝えなくてはならないよ、イシュトヴァーン。お前のほかに、ゴーラ王が立ったよ」

「え……？」

かすかに肩を震わせて、イシュトヴァーンはナリスを見返した。

「俺のほかに……？　ゴーラ王……？　どういうこった……？」

「旧モンゴールの反乱軍が、イシュトヴァーン・パレスの王子宮からドリアン王子を誘拐したのだよ」

　ナリスの声はあくまでやさしく、やわらかく響いた。

「そしてそのドリアン王子を、モンゴール大公にしてゴーラ王として押し立て、トーラスで反乱ののろしをあげた——国を空け、忠実な宰相を惨殺する王など王ではないと呼び立ててね。もちろんドリアン王子はまだ幼児でしかないから、これはモンゴール反乱軍のものの企てにすぎないが、それでも、ゴーラ王としてドリアン王子が押し立てられたことには変わりがない」

「ドリアン——あのがきが？」

　イシュトヴァーンはちょっと呆然としたようだった。それから急に、もがくようにして起き上がった。そのげっそりと憔悴したおもては新たな激怒にぎらぎらと燃え、黒い瞳はあやしい炎に燃えあがっていた。

「ナリス様——そいつは——本当なんですか？　モンゴールの畜生どもが、あのくそがきをかついで、俺に対抗して王を名乗ったって？　へっ、ふざけるんじゃねえや——あんなくそがき、ゴーラの国をつくるのに何の働きもしてなんかいねえじゃねえか。ゴーラは俺が、俺の、俺の働きで作った国なんだ！　あんなくそがきを王にしたところでなんの意味がある——何のいいことがあるっていうんでえ！」

「モンゴールの人々にとっては、アムネリス大公の血を引くドリアン王子こそが唯一王座を継ぐものに思えるのだろうね」

ゆっくりとナリスは言った。

「モンゴール大公国がゴーラ王国の膝下におかれることをよしとしない人々は、ドリアン王子をモンゴール大公にしてゴーラ王という地位に就け、それによってモンゴールの完全な独立を手に入れるとともに、自死に追い込まれたアムネリス大公のかたきをとろうと、そういう思惑なのだろうよ」

「あのくそ女の死んだのは俺がやったんじゃねえ」

イシュトヴァーンは怒鳴り、はっとしたようにナリスの手にすがった。

「なあ、あなたはわかってくれるよな、ナリス様。あの女が死んだのは俺がやったんじゃないって。あいつは俺がいない間に勝手に死んだんだ。俺にあてつけみたいに、『ドールの子』なんて名前つけたガキを遺していきやがって。なのに、なんであいつらはそれを俺のせいにしやがるんだ？　なんでもかんでも俺が悪いみたいに言いやがって、そうだろう？　あ、あなたの、あなたの死んだときだって、俺は——」

「私は生きてここにいるよ、イシュトヴァーン。お前のそばに」

イシュトヴァーンの声が不安定に揺れたのに、すかさずナリスはイシュトヴァーンの手を取って胸にあててみせた。イシュトヴァーンはせっぱ詰まったようにナリスにしがみついた。

「私はここにいる。生きて、ちゃんと、お前の前にね。だからもう、やくたいもないことを考えるのはおやめ。私はお前と運命共同体、そう約束したのだからね。いろいろなことがあったけれども、お前が私に悪意を持っているなんて思ったことは一度もないよ。お前を誤解する人間は多いけれど、お前は本当は、とてもひたむきで、己の運命に対して正直な人間であることを、私は疑ったことはないからね」

「あなたはわかってくれるんだ——俺のことを」

うわごとのようにイシュトヴァーンは言った。

「わけのわからない奴らがみんな俺を非難しても、あなただけは俺をわかってくれる——あなただけは」

最大の理解者であり、父親の代わりでもあったといえるカメロンを、自分の手で刺し殺した事件はやはり、イシュトヴァーンの精神を大きく揺るがしていたのだった。もともと多重人格を疑われるほど変わり身が早く、人によってさまざまな面を見せるイシュトヴァーンの人格は、幼いころ、安定した父母の保護もないまま、娼婦たちやばくちうちのコルドに育てられた、というより勝手に育ったと言いたいような生育歴に端を発している。後ろ盾もないまま生き抜かねばならなかったイシュトヴァーンは、その時、その場にいる人間が自分に何を求めているかを敏感に感じ取り、それを演じることによって相手の心を捕らえることを、第二の天性のようにしていた。それでいて、彼自身は自分勝手に、好きなように生きていると思い込んでいたのだったが、実際のところは、周囲にいる人間に大きく依存する部分を持っていた。特別に気を許した人間をひとり作り、その人間に常にそばにいてもらいたがるくせはかつてのカメロンしかり、マルコしかり、リーロ少年しかりだったのだが、それが今は、彼自身大きく心を揺さぶられ、深い影響を受けたナリスがそばにいて、最大の理解者としてふるまってくれるという状態におかれてすっかり相手に身をゆだねきっていた。ナリスのやわらかい声が愛撫するように耳に注ぎこまれると、一も二もなくその言葉に心を預けてしまうのだ。

もしこれが、カメロンの死という強烈な出来事のあとでなければ、多少は抵抗したり、立ち止まって考えることもあったかもしれない。しかし、カメロンの死という穴はあまりにも大きすぎ、それによって生まれた心の空隙に、ナリスの存在はあまりにもぴったりとはまり込んでしまった。ただでさえイシュトヴァーンの中に大きな位置を占めていたナリスが、今は近しくそばにいて、考えや行動に理解を示してくれるというそのことが、さまざまな方向性と衝動の入り乱れるイシュトヴァーンの心にとって、またとない慰撫と安定をもたらしてくれているのであった——素直に人の言うことを聞くということのきらいなイシュトヴァーンが、いちずに他人のいうことに耳をかたむけるというのはやはり相手がナリスであればこそだったろう。

「可哀想なイシュトヴァーン」

イシュトヴァーンの髪をゆっくりと撫でながら、うたうようにナリスは言った。

「お前もまたヤーンの織物の織目にからめとられて、その糸の上に呻吟するひとりの人にすぎない。その織模様が鮮血と虐殺に彩られていても、私はお前を責めないよ、イシュトヴァーン。お前はお前のやり方で、生の荒波を泳いでいこうとしているのだからね。そう、お前は、お前のやり方で自分の生の目的を追い求めているだけ……」

夜の湖を思わせる半眼に閉じられた瞳は、イシュトヴァーンを通り越してどこか遠い彼方を見つめるようだった。

「あのくそ餓鬼が俺をさしおいてゴーラ王になるなんて馬鹿な話があっていいはずがない。ナリス様、モンゴールの奴らは本気で俺からゴーラの王座をむしり取れるとふんでるんだろうか？」

「モンゴールの反乱軍はゴーラの正規軍にはまずかなわないだろうね。イシュタールではなくトーラスで旗揚げをしたのも、そこがモンゴールの首都だからという理由に加えて、イシュタールにはとても近づけなかったからだろうし。今、ゴーラは、イシュトヴァーン、お前がいないことと、そのお前の不在を支えていたカメロンの死によって大きく揺れている。その隙を狙って一気に反乱を成功させようとしたのだろう。彼らモンゴールの人々にとって、アムネリス大公の遺児であるドリアン王子は希望の星だ。そのドリアン王子をあえてゴーラ王として推すことによって、ゴーラに支配されている今の状態を打破せよという檄を強く飛ばしたということだろうと思う。国際社会はまだゴーラを正式な国家とは認めていない。イシュトヴァーン、お前が王であろうと、ドリアン王子が幼王として立とうと諸国は意に介すまいよ。クムは別かもしれないが——」

「……………」

「いずれにせよ、イシュトヴァーン、お前が軍勢を率いて征討にたてばあっという間に粉砕されるのは彼らもわかっているだろう。そのためにも、一種の人質としてドリアン王子を先に立てているのだろうね。もしお前が息子である王子を殺せば、ますます流血王イシュトヴァーン、残虐王イシュトヴァーンとそしる声は高くなる。そうなれば近隣諸国の態度は硬化し、ゴーラを国家として認める動きは遅くなるかもしれない。かつてのモンゴールが、黒竜戦役で連合軍によってうたれたのは、パロを襲撃して占領したそのやり方が非人道的であり、放置すればその勢力が他諸国にも及ぶかもしれないという意見を先に立ててのことだった。彼らは、ドリアン王子をもし攻めるようなことをすれば、同じようにその非人道性を諸国に対して訴えることができると考えているのかもしれない」

「攻める、だって？」

イシュトヴァーンの声は低かった。

「攻めるだって？　もちろん攻めるさ、攻めずにいるもんか、馬鹿じゃねえのかあいつら！　俺が、俺の国であるゴーラをあんなくそ餓鬼に奪われて黙っておとなしくしてると思ってやがるのか、豚どもめ。よその国がどう思うかなんて知るもんか、どうせ盗賊の王だの山賊だの言われ慣れてんだ、いまさら二つや三つ悪名が増えたところでかまいやしねえや。ほかの国の奴らがどう思うかなんて考えて俺が尻込みなんざ、するとでも思ったら大間違いだ。俺の国は、俺の国だ、俺のゴーラだ！　俺はゴーラ王イシュトヴァーンだ！　息子だなんて思いもしたくねえくそ餓鬼に、みすみす王を名乗らせておいて放っておくわけがあるか、阿呆どもめ。見ていろ、必ず、目にもの見せてやるからな！」

第四話　サイロン帰還

1

晩秋も深いケイロニアの風は冷たい。空は薄い灰色にくもり、薄曇りをとおしてぼんやりとした日の光が白っぽく空にある。ケイロニアのブナの梢に風が吹きわたり、ざわざわと音を立てる。

裏街道を人目を避けて馬を急がせる三騎の旅行者はグイン一行だった。いかにクリスタルが無人の境と化し、ケイロニアが黒死の病によってとざされたとしても、間を行き来する旅人や隊商がまったくたえるわけではない。たとえその明らかな豹頭を隠していたとしても、雄大すぎる体格と、隠していてもこぼれ出る王者の威厳とでもいうものによってグインはどこでもたちまち人目を引く。

ましてや、ケイロニア国内に入れば、黒曜宮にいるはずのケイロニア王がなぜこんなところで馬を駆けさせているのかと思われずにはいられない。それがために、一行はクリスタルを出てケーミやシュクを通過するあたりから、赤い街道の表街道を外れて、人通りの少ない旧街道や裏街道を使わざるを得なかった。堂々とケイロニア王として遠征に出ていたのだったらまだしも、黒曜宮には替え玉の豹頭王がいて、あくまでなにごともないようにとりつくろっていたのであったから、まさかに頭をさらして歩いて、人心を驚かすことはできなかったのだ。

むろんクリスタルからサイロンまでの長い距離を一度も人に会わずに進むことなど不可能だったが、そんなときには、三人ともにミロク教徒のマントをかぶったり、あるいはあからさまに、豹頭王陛下の影武者だと言い抜けたりしなければならなかった。それでもあやしげな視線を向けられることはたえなかった。なにしろ三頭の馬の一頭には、豊かな金髪の美女が半睡半醒のまま、抱きかかえられるようにして運ばれていたからである。

アウロラはいっこうに意識を取りもどすようすをみせなかった。いかなる魔道の眠りにつかされたものか、食べ物をあてがってもロにすることもなく、かといって少しも衰えるようすもなかった。ただうっすらとまぶたを開いたまま、カリスか、代わって運ぶルカスの胸に寄りかかって、ぼんやりと馬に揺られているばかりだった。

その胸の上にかかった指輪は常に氷のような冷気を発して、持ち主が魔道の影響下にあることを知らしめていたが、だからといって打てる手があるわけではなかった。ただその指輪に触れるたびに、突き刺すような冷たさに打たれて指を引っ込め、この奇禍にみまわれた麗人をどうすべきかとの迷いを、保護者たちのうちに巻き起こすばかりだった。

「陛下」

しばらく馬を先駆けさせていったルカスが砂煙を立てて戻ってきた。

「あと十モータッドでマルーナの町につきます。町にお入りになりますか、それとも、俺たちが行って食料だけ手に入れてきましょうか」

「マルーナまで来れば、サイロンはもうすぐだ」

グインは馬をとどめて答えた。

「馬がもてばこのままサイロンまで駆けぬけたいが……それは無理だろうな」

「食料だけならこのあたりの農家で手に入れられますが、馬を休ませないことには」

カリスが馬を寄せてきて言った。彼の前鞍にはアウロラが乗せられて、ぼんやりとうつろに青い瞳をあいている。

「なにしろ陛下のご重量ですから——」

ルカスは心配そうにグインの乗馬を見た。

「一晩なりと休ませてやらないと、馬がもちませんでしょう」

「こいつも、頑張ってくれてはいるのだがな」

　グインは自分の馬の首をそっと叩いた。草原からはるばる連れてこられた、選び抜かれた名馬の黒馬であったが、それでも、このところの度重なる強行軍でかなり疲れている。取り返しのつかない故障をおこして、あたら名馬を失わないためにも、気をつかってやることが必要だった。

「では俺はもう少し進んだところで休んでいよう。アウロラは俺が見ているから、お前たち二人は町へ行って、食料を手に入れてきてくれるか。本当はアウロラも、町へ連れていって寝かせた方がよいのだろうが」

「やはり、あやしまれますからね。美女というのはどこでも目立つものですから」

　仕方なさそうにルカスは笑った。

「美女をかどわかしていく途中の一味と思われてはかなわないからな」

　グインも苦笑し返して、手をのばしてカリスの腕の中のアウロラの頬をそっと撫でた。頬は冷たく、なめらかで、大理石でできたもののようだった。

「では、自分たちは先にマルーナの町へ入ってまいります。陛下のいらっしゃるところに目印になるように、マントでもかけておいてくださいませんか。われわれはそれを目印に戻って参りますから」

　グインはうなずいた。そして馬を降り、カリスからアウロラを抱き取った。グインの広い胸にかかえられて、アウロラはずっと小さな子供のように見えた。

「それでは、行ってまいります」

「三、四ザンほどで戻れると思いますので、少々お待ちくださいませ」

カリスとルカスがくつわを並べて旧街道を速度を上げて走り去っていくと、グインは左右を見回し、道を外れた木の下に入り込むと、そこの下草の上にそっとアウロラを寝かせた。きらきらと輝く金髪が草の上に広がって、まばゆいばかりであった。それから自分の馬を引いてきて、手綱を枝に結わえ付け、くつわをゆるめてやって、好きに草がはめるようにしてやる。そうしておいて自分もどっかりと腰をおろし、水筒をはずして水を飲んだ。曇り空からはときたま弱々しい陽光が漏れてきたが、それ以上晴れるようすも曇るようすもなく、風にのって雲が速い速度で動いていくのが見えるばかりだった。

（アウロラをなんとか正気に戻してやらねばならんが……）

水を飲みながらグインは考えていた。

（はたして通常の魔道師の手に負えるだろうか。相手はおそらくキタイの魔道師――そんじょそこらの魔道師では太刀打ちできまい。まじない小路にでも連れてゆくか――だが、最近、まじない小路からは魔道師がいなくなったとも聞く……）

（キタイの魔道師――あの『アルド・ナリス』と名乗る男に使われているのだろうか……）

グインの考えはいつしかクリスタルで対面したアルド・ナリスなるあやしい美貌の男

の上にただよっていった。

（アルド・ナリス……かつて半病人の身ながらヤンダル・ゾッグの操り人形と化したレムス王に対し、反攻ののろしをあげたクリスタル大公）

その死に際に接した記憶は今はグインの中にはない。アルド・ナリスなる人物に関する知識はすべて、他人から聞かされた知識でしかない。

（生前の彼はキタイによるパロ侵略をはね返すために、床から起き上がりもならぬ病人の身で軍をひきいたという）

（それほどパロを思い、愛していた人間がヤンダル・ゾッグに加担するものかどうか――死者から作られたゾンビーという風には見えなかった。あくまで自らの意志を持った人間のように見えたが）

（イシュトヴァーンを手の内に取りこみ、パロ市民を竜頭兵のえじきにさせ……もはや生前のアルド・ナリスとはまったく違った人格を持っているとしか思われぬ。魔道師としての修行をしていたとの話も聞かぬが、あの『アルド・ナリス』は、それなりに魔道も使うようだ。カル・ハンもヤンダル・ゾッグから派遣された魔道師なのだろうが――）

（ああしてクリスタルに立てこもっているのはいったい何のためだ……俺を手に入れたいようなことを口にしていたが、グラチウスやその他の有象無象の魔道師どもと同じよ

うに、俺を利用したいのか、それとも別の目的があるのか）

（ヤンダル・ゾッグに従っているのではないようなことを言っていた……動いているのはあくまで自分自身の意志でだと。しかし、竜頭兵やその他の魔道については確かにキタイ由来の異世界の魔道だ……）

（彼がクリスタルに在しているのはヤンダル・ゾッグの計画なのか、それとも彼自身の意志なのか――イシュトヴァーンを駒にして、何をするつもりなのか……）

（それに、シルヴィア……）

（後ろ姿しか見えなかったが、あれは確かにシルヴィアだった……）

胸が陰った。乱行の果てに名も知れぬ男の子を孕むという、男として最大の裏切りを受けたあとにもやはりまだ、彼女のしあわせ不幸せには、自分に責任があったような気分のするグインだった。二度と会わぬ、といって別れたことはあっても、いまだに、シルヴィアに対する心はグインの中に残っていた。

それが愛かどうかはもはやわからぬ。愛であるにはそれはあまりにも痛めつけられすぎた。またたんなる責任感、義務というほどに冷たくもない。もはや会ったところで自分を化け物、豹頭の悪魔とののしることしかせぬだろう彼女に対して、ただ不器用に愛していると繰り返すことしかできなかった自分を、グインは責める。

かといって、ほかになにかできることがあったかと言われればどうしようもないのだが――ことに、夢の中でグインに斬り捨てられたという彼女の言い分が、いまのグインにとってはまったく身に覚えもないことであるからには、彼女の自分に対する恐怖や怒りがいったいどこから来ているのか見当もつかなかったのだ。

そのシルヴィアがクリスタルに――というか、アルド・ナリスの手の内にいるのだということを知りつつ彼の地をしりぞいてきたことは、ある種グインにとって自分の胸に言いきかせてとった行動のようなところがあった。前回、キタイからシルヴィアを取りもどした時にはシルヴィアはケイロニアの皇女として大帝の位をつぐ唯一の継承者であり、グインにとって大切な人間であるという以上に、ケイロニアという国にとって必要不可欠な人間ではあった。

だが今は、帝位はとうにオクタヴィアが継ぎ、度重なる醜行と、何よりも黒死の病をサイロンに流行させたという風説のために『売国妃』とまで国民から呼ばれたという事実から、もはやシルヴィアは、ケイロニアにとって騒ぎのもと、サイロン市民にとってその呪いの的にしかなっていない。危険をおかしてケイロニアに連れ戻ったところで、それはなんの意味もないどころか、シルヴィアにとってはさらに生命の危険をよぶか、もっともましな運命として、市民からも彼女自身からも守るために、辺境のベルデランドへでも送って余生を過ごさせるか、その程度しか選択肢は残っていない。

長く国をあけているグインが、さらに不在を長引かせてまで救い出すほどの意味は、残酷なようだが、もうシルヴィアにはなくなっているのだった。

（可哀想な――哀れな女性だ……ケイロニアの皇女に生まれてさえいなければ、いや、俺にさえ会っていなければ、こんなことにはならずにいたものを――）

その思いが鋭くグインの胸をさす。シルヴィアの行状すべてについて、グインが責任を感じることはないとハゾスなどはくり返して言うが、それでもグインの心には重い悔恨が濡れた雪のように積み重なっていく。

（見せられたかぎりでは痛めつけられているようすもなかった……まずは貴婦人としての扱いを受けているらしかったが……）

だがあのアルド・ナリスという男の手の内にあるということが不気味だ。彼の目的がわからぬ分だけ始末が悪い。グインを手に入れようとする行いはあったが、それが究極の目的というわけでもなさそうだ。ヤンダル・ゾッグを主と仰いでいるわけでもないと言っていたが、それではかのよみがえった麗人は、なんのためにおのが愛する祖国であるはずのパロ、クリスタルを竜頭兵の蹂躙にまかせ、市民を竜頭兵に変える呪術をおこなわせているのだろうか。

日がかたむいてきていた。グインは自分のマントをとってアウロラにきせてやり、火を焚くそだを集めようと、腰を上げかけた。

その時であった。グインははっとして「誰だ！」と叫んで剣に手をかけた。

ものかげからきゃっと小さな悲鳴が聞こえた。小さく震えながら出てきたのは、大きなかごを腕にかけ、前掛けを身を守るように胸の前にかかげた、若い娘であった。グィンの手が緩んだ。

「あの……あの、あの、あたしは、あの……」

「すまぬ。驚かせたようだな。考えごとをしていたせいで気づくのが遅れたらしい」

「豹頭王陛下！」

娘は黄色い声をあげて、その場にべったりと平伏してしまった。グィンは困って、

「おい、顔を上げてくれ——その、困ったな。俺は——その、ケイロニア王その人ではない。その、影武者にすぎんのだ。こうやって旅しているのは、ほんものの豹頭王から命令を受けて、その帰り道なのだ。ほんものの豹頭王は黒曜宮にいるではないか」

「そ——」

娘はべったりと地に伏したまま、おずおずと頭だけあげてグィンを見た。

「そう……なの……？　王さまじゃ、ない……？　ケイロニア王さまじゃ、ないの……？」

「そうだ。だからそんな風に這いつくばるのはやめてくれ。弱ってしまう。俺はただ、魔道で頭を豹のように変えただけの兵士にすぎない」

「でも、まるでほんものみたいだわ」

ためらいがちに娘はいった。

「それに、その体格、そんなに大きな身体をしているなんて、陛下しかありえない——」

「俺はタルーアンの血を引いていて、だからこんなにでかいのだ。ほら、金犬騎士団のゼノン将軍も、グイン王に負けぬくらい大きいだろう？　そんなものだ。とにかく俺は豹頭王ではない。だから、そんなにかしこまってもらっては、その、困る」

「ふうん……」

娘はようやく起き上がって不思議そうにグインを上から下までしげしげと見つめた。

「どう見たって王さまだけれど……でも確かに、王さまがこんなところにいるはずないし……影武者ってほんとなの？　グイン王さまには影武者がいるの」

「ああ。だが内密のことだから、よそでしゃべってもらっては困るぞ。この場だけの秘密だ」

「秘密、ね」

ぎゅっと身体をきつく抱きしめると、娘はようよう、かすかな笑みを見せた。茶色い長い巻き毛を肩の後ろで一つにしばって止めている。眉の太い、女にしては意志の強そうな顔立ちで、美人とはいえなかったが気持ちのいい顔立ちだった。草色の質素なドレスに白い前掛けをかけ、皮で足を包むような形にして紐で縛った簡素な靴をはいている。

そばには平伏したときに手放してしまった大きなかごが転がっていて、塩漬けの豚やパンなどの中身が道に飛びだしていた。

「あたしはルミアよ、王さまの影武者さん」

転げだしたかごの中身を拾い集めながらルミアは言った。グインも手伝って集めてやる。

「この道をもう少しいったところにおばあちゃんといっしょに住んでるの。あら、女の人がいるじゃない。病気？　眠ってるみたいだけど」

「病気……そのようなものかな。少々事情があって、意識を取りもどさないまま眠ったようになってしまっているのだ」

「じゃあ、よければあたしのおばあちゃんのところへいらっしゃいよ」

ルミアは言って、よいしょとばかりに中身の入った重いかごをゆすりあげた。

「あたしのおばあちゃんは、昔からまわりの人の病気をなおしたり、悪霊に憑かれているのを払ったりするのが得意なの。その女の人がどうしてそんな風になったか知らないけど、うちのおばあちゃんなら、そのひとをなんとかできるかもしれないわ」

「いや、それは――」

この娘の祖母は村のまじない女のようなものらしい。そのようなものでは、キタイの魔道師の催眠がとけるわけはないだろう――そう思って、グインはことわりかけたが、その時、ふと直感のようなものがグインのこめかみを走り抜けた。

「そう——だな。よければ一度、看てもらうことにしようか」

　グインはそう答えていた。

「正直に言うと、この娘は魔道の催眠にかかってこうなってしまったのだ。もしお前の祖母がそういったものも扱えるというなら、願ってもない。催眠を解いて、彼女の意識を取りもどさせるようにしてくれればこれほどよいことはない」

「じゃあ、決まりね。ついてきて」

先に立ってルミアは歩きはじめた。グインはアウロラをマントに包んだまま抱きあげ、馬の手綱をといて引き、そのあとに続いた。

　周囲はさやさやと葉を鳴らすブナの木立で、人の姿はまったくない。どこかで気の早い夜鳴き鳥がさえずっている以外は生き物の気配もない。このような裏街道のほとりに、人など住んでいるのかと不思議に思うほどである。

　細い裏街道を十分（タルザン）ほど歩いていって、右側に上る急な坂道をあがると、そこに、木立に隠れるようにして小さな小屋があった。小さいながら屋根を赤く塗り、羽目板もしっかりとはめた、かなりしっかりとした家である。

「おばあちゃん！」

　ルミアは握りこぶしで扉を叩いて、押し開けた。

「おばあちゃん、お客さんよ！　豹頭王さまの影武者さんなんだって！　それに、病気の女の人を連れてきたわよ！」

「おや、まあ」

奥からゆっくりと出てきたのは、おそろしく年老いた——内側から肉といっしょに、水気もすべて吸い取ってしまったというような、小柄な老婆だった。

黒い胴着にスカートをはき、孫と同じような白い清潔な前掛けを身につけている。くしゃくしゃに縮かんだ顔は、干した林檎でこしらえたようだった。ゆったりと卓をまわってこちらに歩いてくる足取りは見かけに反してまったく危なげなかったが、年の頃は八十か九十か、ともかく、たいへんな年であることは確かなようだった。残り少ない白髪はきれいになでつけられ、スカーフの下に押し込まれていた。しわのためにたるんだまぶたが瞳を隠して、目を開いているのかいないのか、一見わからないほどだった。

ただ、その全身には、年に似合わぬ異様な精気が虹のように満ちていた。手を後ろに組んで、ゆったりと歩いてくるそのようすはまったく普通の老婆にすぎなかったが、グインが思わずはっとして見直したほど、その身にまつわるオーラは輝かしいものだった。

老婆はたるんだまぶたをあげてグインを見た。

その視線をあびて、グインは思わずまばたいた——それは夜空のように黒く、星のようにきらめく、深々とした夜の瞳だった。その目だけ見れば、老婆はまるで十代の娘のように見えた。だがそこには十代の娘では持ち得ない、深い叡智と謎と、そして力がこもっていた。

「お客さんだね、ルミア」

しわがれた声で老婆は言った。何百年もかわかした草を揉みつぶすような、かさかさと乾いた声だった。不思議と聞く者の胸をおだやかにさせる声でもあった。

「わしは、オルダナ婆と申しますものじゃ、豹頭王の影武者さんとやら。昔からここで、病人の手当てをしたり悪霊払いをしたりして過ごしてきましたじゃ。病気というのは、その娘さんかの」

「実を言うとこの娘は、悪辣な魔道師によって催眠をかけられて眠っているのだ」

気を取りなおしてグインは言った。

「とつぜんお邪魔して申し訳ない。だが、こちらの孫だというルミア嬢が、祖母君が病人の手当や悪霊払いを得意としていらっしゃるとのことだったので、失礼を顧みずこうしてまかり出たしだいだ。どうか看てもらうことはできないだろうか」

「ああ、もちろん。その娘さんはこちらへ寝かすといいよ。あんたも座んなされ。たいしたものはないが、夕食のひとつも出してしんぜるほどに」

オルダナ婆は小屋のなかばを仕切っていたカーテンを引きあけた。

そこには動物の皮を枠に張り、その上に毛布をかさねたベッドがひとつあった。部屋のこちら側は、いかにも森の中の生活を示すように食器棚や飲み水を入れた壺、かまど、壁からつるした香草の束や調味料の壺などがきちんと整理されておかれていたが、カーテンのあちら側半分は、まったく違っていた。

それは、一番似ているものといえば、魔道師の居室だったに違いない。壁に作りつけられた棚には見たことのない獣の骸骨や壺や、得体の知れぬものが中に浮いているガラス瓶などが並び、天井に交差する紐からは料理用の香草とは明らかに違う異様な植物の束がいくつもぶら下がっている。ぷんと漂ってきたのは強い没薬のかおりで、それは床に置かれた巨大な銅製の香炉の中から、うっすらと青い煙をたてていた。壁にはさまざまな魔方陣を描いた布や紙がさがり、壁際に押しつけられた机の上にはいくつもの瓶や玉石、複雑な文様の描かれた小函が山をなし、巻いた羊皮紙がいくつもくっつきあって転がっているといったようすだった。

ただ、不思議なことに、ほかの場所で見ればいかにも魔道師の居場所らしくあやしげに見えたであろうこの部屋が、オルダナ婆のこの小屋では、まったく清浄な、部屋のこちら側の生活の続きといった感じに見えるのだった。オルダナ婆はよちよちとカーテンの向こうへ行き、ベッドのそばでグインが来るのを待っている。しわになった口元をもぐもぐさせながら待っているそのようすは、虹のような精気をあたりに振りこぼしているにもかかわらず、眠ってしまった孫娘を連れてきてもらうのを待つように自然でもあった。グインはこの小さな家には大きすぎるように思える身体をすくめて、アウロラをベッドに運び、そっと横たえた。金色の髪が流れて、ベッドから垂れ下がった。

「ああ。ああ。なるほどね」

オルダナ婆は寝かされたアウロラの上でしきりに手を動かしながらうなずいた。

「しばらく時間をもらえるかね、豹頭王の影武者さんや。なかなか変わった魔道をかけられておるようじゃ。わしのやり方でどこまでやれるかどうか、調べてみよう。その間あんたは、孫に夕食でも食べさせてもらっておると良いよ。わしはしばらく、この娘さんにかかりきりになるでな」

そう言うと、オルダナ婆はカーテンを閉めて、部屋のそちら半分をこちらから隠してしまった。グインはなにか言おうと口を開きかけたが、目の前におろされた布一枚が妙に重たくなったような気がして、途中で口を閉じた。

「こっちへ来て」

ルミアがそばへ来て腕をとった。

「夕飯をつくるから、よければ手伝ってよ。そっちのかまどに火をおこしてくれる？」

2

ほかに連れがいることを伝えて、ルカスとカリスのために街道脇へもどり、マントを小屋へあがる小径のわきの木の枝に掛けておいた。馬は小屋のわきにつないで草を食べさせてあるので、あのマントに気づいて上を見上げれば、すぐにグインがこの小屋にいることは知れるだろう。

ルミアは陽気な娘で、食事の支度をグインに手伝わせながら、ひっきりなしにしゃべりかけてきた。どこからきたのかとか、長いあいだ旅をしているのかとか、あの娘さんとはどういういきさつで知り合ったのかとか、さまざまな疑問を投げかけてくる。

答えられないことはうまくごまかしておいて、答えられることにはできるだけ誠実にグインは答えた。

「そうなの、パロから！　いいわねえ、パロってとってもきれいなところなんでしょう？　一度でいいからあたしもパロへ行ってみたいわ。クリスタルの都へも行ったの？　どんなところ？　さぞかしにぎやかなところなんでしょうね？」

さすがにケイロニアの裏街道沿いなどに住んでいると、クリスタルが今どうなっているかなどという噂は耳に入ってこないらしい。無邪気にクリスタルへの憧れを語るルミアに、グインは胸の痛みと苦笑いを同時に感じながらあいまいな返事をしておいた。

「豹頭王さまの影武者っていうんなら豹頭王さまご本人にもお会いするんでしょう？　どんな方なの？　世界一の英雄ってどんな風なの？」

「さあ、特にどうということもない。確かに頭は豹頭だが、あまり口をきかぬのでな。俺は大勢いる影武者のひとりなので、そう何度もそばへ寄ったことはないし」

「あら、どうということもないってことはないでしょう？　世界一の戦士で、ケイロニア王さまなんだから、きっとものすごくすばらしいお方のはずだわ。ほんとにあまりお話ししたことないの？　それってなんか不思議。だってこんなに似てて、影武者を務めるくらいなのに、もとのご本人についてあんまり知らないなんて」

「ふだんは式典などで身代わりに椅子に座っているだけだからな。言動まで同じようにしなければならないわけでもない。旅に出たのは特別のことで、ふだんはサイロンからあまり出ないのだ」

「じゃあなぜパロに行ってたの？　なにかの行事？　豹頭王さまご自身が行けないわけでもあったの？」

「さあ、俺は知らん。俺はただ受けた命令に従って動くだけだからな」

ちょうどその時、おもての戸を遠慮がちに叩く音がした。ルミアがはあい、といって行きかけるのを止めて、グインが出ていく。扉を叩いたのは予想通り、カリスとルカスだった。ひしゃくを片手にしたグインを目にして、目玉が飛びだしそうな顔でなにか言いかける。

「しっ」

ルカスが口を開くより早く、グインは制止した。

「この娘は俺を豹頭王の影武者だと思っている。だからそのように俺を扱え。豹頭王本人だと知られるとことが面倒だ」

「は、はあ……」

ルカスとカリスはおそるおそる入ってきて、小娘にあれこれいわれながら夕食の支度に精を出しているグインに開いた口がふさがらなくなったようだった。

「どうした、お前たち。手伝わないのならそこに座って、おとなしくできあがるのを待っていろ。ルミア、このガティは。どうすればいいのだ？」

「ちぎってそっちの汁の中へ入れてちょうだい。お連れさんたち、よかったらお皿を並べてくれない？　四人前でいいから」

何がどうなっているのかよくわからぬまま、カリスとルカスは動き出して皿と鉢を並べ、匙を卓の上に置いた。ルミアがかいがいしくガティの団子を入れたシチューを皿についでいく。カリスとルカスがマルーナで手に入れてきた肉やガティのパンなども加わって、夕食の卓はひどくにぎやかになった。

「陛下……これはいったいどういうことなのですか。それに、アウロラは？」

たてきられたカーテンを横目に、ルミアが横を向いているすきにルカスがこそっとささやいた。

「アウロラはいまあちらで治療——というか解呪——を受けている。このルミアの祖母がそういったことに長けているらしい」

「大丈夫なのですか、このような山中に住んでいる人間にキタイの魔道師の術の解呪など」

「俺も最初はそう思ったのだが、なかなかただ者ではなさそうな老婆でな。とにかく、任せてみても悪くはなかろうと思ったのだ」

カリスは納得のゆかなさそうな顔をしていたが、すでに始まっていることにあとから文句をつけても始まらないと思ったのだろう。ガティの団子を口に詰め込み、ぴったりとおろされたカーテンのむこうを、気にいらなげな目つきでじろじろ眺めていた。

「オルダナ婆は食事はせぬのか。婆の分をとっておかずとも大丈夫なのか」

「いいのよ。おばあちゃんはもともとそんなに食べないの。それに、病人の手当をするときは特にいつもなんにも食べないのよ。終わったら出てくるわ」

あっけらかんとしてルミアがいうので、グインもそういうものかと思わざるを得なかった。

食事を片づけてしまうと、ルミアは奥の部屋へ三人を案内して、そこを使ってくれるように言った。そこにはベッドが二つあったが、それはどう見てもルミアとオルダナ婆の二人が寝ているものであるらしかったので、グインたちは家の主の寝床を奪うわけにはいかないとためらった。もとより年寄りと娘ひとりの家にいつのまにか泊めてもらうことになっているのも気が引ける。自分たちは外で寝るからと遠慮するグインたちを、ルミアは、

「そういう風に言う人たちだからこそ大丈夫だと思うわ。気にしないで、あたし、台所で寝るのは温かいから大好きなの、ベッドで寝るよりいいくらいよ」

「しかし、オルダナ婆の方は……」

「おばあちゃんはたぶん、今晩は寝ないで病人さんの手当にかかりっきりになってると思うわ。だから気にしないで。ベッドが足りなくて申し訳ないけど、とにかく壁と屋根があるってことで、なんとか我慢してね」

押し込まれるようにして奥の部屋へ入れられて、戸が閉まると、カリスとルカスは少々途方に暮れた顔つきでグインに向きなおった。

「陛下。いったいどういうことなのか……」

「あの娘と道で行き会って、豹頭王かと平伏されたためあわてて影武者であると言いつくろったのだ」

グインはむっつりと言った。部屋はごく狭く、グインがいるとそれだけで一杯になってしまいそうだった。扉と向かい合う形で窓があったが、それには木戸がきっちり閉まっていた。狭いが清潔で、部屋のすみの小簞笥の上に燭台が一つおぼつかないあかりをゆらゆらとゆらめかせていた。

「黒曜宮にはまさに俺の影武者がいて、ケイロニア王ここにありということになっている。こんなところに俺がいることについて説明せねばならんのは難しい。それで影武者であると伝えたのだが、そうするとあの娘がアウロラを見て、自分の祖母が病人や悪霊憑きを見るのに長けているから家へ来てはどうだと言ったのだ」

「それはわかりました。しかし、本当にこんな場所に住んでいる田舎のまじない女などにキタイの魔道師の催眠がとけるものでしょうか？　まじない小路に店を構えている魔道師などならいざ知らず……」

「さっきも言ったが、それが、なかなか容易ならぬ老婆だと俺は見た。ルミアというあの娘が声を掛けてきたときに直感したのだ。俺はいざというときには自分の直感を信じて動くことにしている。その俺の直感が、この娘のいうことを聞いてみようといったのだ。すまんがそれで、納得してもらうしかない」

「はあ……」

カリスもルカスももうひとつ納得しがたいようすではあったが、グインがそこまで言い切ってしまうと、おもてだって反論はできぬようであった。

「お前たち二人がそのベッドを使うがいい。俺ではそのベッドは小さすぎてものの役に立たぬ」

ルカスもカリスも仰天して、王を差し置いて自分たちがベッドで眠ることはできないと抗議したのだが、ベッドがいかにもグインが寝るにはささやかすぎて、もし寝るとしたら両方のベッドを合わせても背中を丸めて極めて寝苦しい体勢にならねば無理だろうというのはあまりに明らかだったので、不承不承に二人はベッドにあがり、グインはマントをしいて床に横になった。カリスとルカスがそれぞれにベッドから毛布を剝いで渡してくれたのでそれなりにあたたかかった。用心のため、というより一種の習慣で剣を抱き、着の身着のままでグインは目を閉じた。

そのまましばらく、うとうととしたようだった。ふっと目が覚めると、夜明け前だった。燭台は燃えつきて、いつのまにか消えている。そのまま、しばし目を開けたまま横たわっていたが、やがてグインはゆっくりと起き直った。ベッドの方から聞こえてくる、ふたつのすこやかな寝息に耳をすましながらそっと動いて、扉を押し開ける。

台所ではルミアが、毛布やマントで巣を作り、火のまだかすかに熾（おこ）っているかまどの前ですやすやと眠っていた。そのそばをそっと通りぬけ、部屋を仕切るカーテンのところへゆく。ちょっと逡巡したあと、隙間に目をあててのぞき込んでみようとしたところ、

「お入りくださりませ、豹頭王陛下」

という静かな声が中からかかった。グインは一瞬指をカーテンから離したが、そのまま、思いきってそっとカーテンをくぐり、中へ踏み込んだ。

つよい香の香りがふわりとたった。不思議なことに、部屋のこちら側には、においも、光も、物音も、何一つ漏れては来ていなかったのだ。アウロラはベッドの上に変わらず横たえられて目を閉じており、そのそばに、オルダナ婆が、小椅子にちょんぼりとかけて付き添っていた。グインが入っていくと老婆は年に似合わぬなめらかな動きで椅子からすべり降り、床の上に膝をついて王者に対する礼をした。

「あたしの陋屋(ろうおく)にお泊まりくださってこれ以上の光栄はありませんです、陛下。お連れのお方の催眠はさほど深いものではございませんでしたで、あたしの手でもなんとか解くことができました。朝になったら何事もなくお目覚めになることでございましょう。陛下のお役に立てましたこと、このオルダナ婆生涯の喜びでございますじゃ」

「気づいていたのか。俺が本物だと」

「それはもう。陛下ほどの巨大な〈気〉の持ち主であられるお方がほかにいようとは思われませぬで」

唇をすぼめて、ほほほほ、とオルダナ婆は笑った。

「ルミアがこの小屋にお連れする前から雄大な〈気〉が近づいてくるのがはっきりわかっておりました。あれはあたしのひいひい孫でございますが、いたって気のよい娘で、失礼がございましたらどうぞお許し願いたいので」

「失礼などということはない。本物だということを黙っていてくれたのはありがたく思うぞ。旅の途中でいちいち平伏されたり伏し拝まれたりしていては道がはかどらん」

「お察しいたしますじゃ」

オルダナ婆はしわに埋もれた目を細めてふくふくと笑った。

「しかし、ルミアがひいひい孫ということは、お前はとうに百を超えている年なのではないか。俺の見たところ、婆はそんじょそこらの魔道師には負けぬ力を持っているように見える。その婆がなぜ、このようなところで、ルミアひとりを共にして暮らしているのだ」

「あたしはただのまじない女でございますじゃ」

オルダナ婆がつと片手をあげると、カーテンがひとりでにするすると閉まった。膝の後ろに触れるものに気づいてグインが振りかえると、そこには、どこから出てきたとも知れぬ頑丈な木製の椅子があった。うながされてグインが腰をおろすと、オルダナ婆はまたふくふくと笑った。

「タリッドのまじない小路にいたこともございましたが、あたしはどうも、ああしておおぜいの魔道師やまじない師の結界がわさわさと重なり合っておりますのがどうも苦手で、サイロンを離れてこちらの娘の家に越してきたのがもう何十年前になるか。そのころにはまだあたしももうちょっと若うございましたが……ほほ、もうこのごろではすっかり老いぼれて、陛下のようなお方をお迎えするのも恥ずかしゅうてなりませぬで」

「俺は外見にはまどわされぬぞ、婆」

前に礼をとっているオルダナ婆を見据えて、グインは言った。

「この家にはいってお前を一目見たときから、ただ者でないのはわかっていた。まじない小路ではさぞかし名の知れた術師であったのではないか」

オルダナ婆はほほほほと笑って何も答えなかった。

「陛下にいくつか申しあげたいことがあるが——お聞きいただけるかの」

「むろんだ。言ってくれ。どういうことだ」

「世捨て人ルカはこの娘御にこう申しました。闇の中の娘に御手をさしのべぬよう。もしこれを此岸(しがん)へひき上げれば、嫉妬と絶望の双児を産み《闇の聖母》と成さしめるだろう、と」

グインは驚いた。確かにその予言をアウロラからきかされたことはあったが、それをこの老婆はもちろん、ほかの誰にも口にした覚えはなかったからだ。

「催眠をとく手順でこの娘御の精神をさぐるあいだに目に入ったことでございます。お気に障りましたらお許しくだされ。……陛下、世捨て人ルカの言葉をお忘れになってはなりません。陛下が御心にかけておられる方は、ただいま闇の淵にてただよっておられます。それを無理に引き上げられることは陛下のためにも、またそのお方のためにもなりませぬ。陛下がケイロニアに戻ってこられたのは正しい選択でございました。どれほどいとしいと思われ、つくされても、かのお方はますます闇に沈んでゆかれるばかり。陛下にとっての〈シレノスの貝殻骨〉であることはいつまでたっても変わりはございませんでしょうが、陛下自身が、その貝殻骨を突かれることによって危難に遭われれば、それだけこの世は危険に近づくのでございます」

グインはむっつりと口をつぐんでオルダナ婆の言葉を聞いた。

「あたしはいやしいまじない女、陛下にもの申しあげるのもはばかられるはしためでございますじゃ、……けれども、これだけはお聞き届けくださいまし。これ以上あのお方に御心をおかけなさいますな。陛下のお体と御心のご無事はすなわちこの世の安泰につながっておりまする。王に災いあらばすなわちこの世は闇にとざされ、御心の陰りはそのまま世の不安定となりましょう。陛下にはすでに黄金の盾なる愛妾がおられ、めでたき男女の双子もお持ちです。どうぞ明るい方へ御心をお向けくださいまし。闇に沈んだお方はもはや此岸に引き上げることはかなわぬのです」

グインはじっとうつむいていた。

「どうぞ陛下、ことはケイロニア一国のことには収まりませぬ。陛下は中原すべての、いえノスフェラスの主でもあられ、また中原すべての守護者でもあられる方、闇に沈まれたお方に御心をかけられることが、そのまま中原の平和を揺るがすことにつながらぬともかぎりませぬ。あたしには世捨て人ルカほどの強い予見の力はございませんが、陛下のお身を案ずるケイロニアの民のひとりとして、この婆の言葉をお聞き入れくださいませ。そして、もはやご自身を責めることはおやめくださいませ。すべてはヤーンの御心でございます。闇に沈まれしあのお方もまた、ヤーンの指先によってかく定められた道筋をたどっていらっしゃるのです」

「だが俺は、あの方をお救いしたいと思ってきたのだ」

口重くグインは言った。

「今となっては、まだ自分があの方を愛しているのかどうかわからぬ。……わからなくなってしまった。だが、かつて自分があの方を一生守って差しあげると約束したことは覚えているし、できることなら、その約束を守りたいと願っている。だが俺の存在そのものがあの方の不幸にしかつながらぬという気がして、俺はときどき、どうしてよいのかわからなくなる」

「ヤーンのお導きに従われることです。ヤーンのお導きに」

オルダナ婆はゆっくり起き直ると、しわ深い手をのばしてグインの手にそっと重ねた。

「人より長く生きてきて、多少人よりはものがみえるようになりましたじゃ。けれどもまだまだヤーンの御心は量りがたく、そのお導きの前に跪くしかございません。あたしにできるのはただ陛下のご心痛を少しでも軽くして差しあげるよう、いらぬながらの差し出口をきくことでしかございませぬ。お気に障りましたら、どうぞお許しくださいませ」

「許すも許さぬもない。俺はただ俺の信じるままに動いているだけだ。だが心遣ってくれたことには礼を言う。俺は今は何よりもケイロニアのために動かねばならぬ身だ。そのことをわが身に言いきかせつつクリスタルを離れてケイロニアまでのぼってきたが、思えばこのアウロラが魔道師に催眠などかけられる羽目になったのも俺がシルヴィアをおいてクリスタルを離れようとした故だった。俺の逡巡がアウロラに伝わり、それが彼女の危難を招いたのかもしれぬと思えば、俺は彼女に謝らねばならぬのかもしれぬ」

「陛下が謝られることは何もございませんですよ。この娘御もまた、ヤーンの織模様の上を行き来する一筋の糸にすぎぬのですから」

グインは目を閉じているアウロラの顔に目を注いだ。白い顔は静かに眠っているようで、それまでの何かに取りつかれたような、ぼうっとしたものはあとかたもなく消えていた。両手は胸の上で組み合わされ、その胸も規則正しく上下している。長い悪夢から解放されたかのように、アウロラはすこやかに眠っていた。

「あー……その――影武者殿？」

カリスのどこか心配げな声が奥の部屋から聞こえてきた。

「どこにゆかれた？　その……お姿が見えないが――」

「用足しにでも出られたのではないか？」とルカスの声が続く。

「二人とも、俺はここだ」

立ちあがってカーテンをあけると、そこでは、ルミアがうーんと声をあげて伸びをし、ぱっちりと目を見開くところだった。

「あら、おはよう、影武者さん。おばあちゃんと話してたの？　おばあちゃん、病気の女の人、どうなった？」

「ああ、なんとかなったよ」

オルダナ婆はグインについて奥から出てくると、カーテンをまたぴたりと閉じた。

「もうしばらく眠らせておいてやれば、何事もなく目が覚めるだろうよ。……そちらのお客人がた、昨晩は挨拶もせずにすまなんだの」

「いや、我々は……」

「へい……いや影武者殿、アウロラは」

「アウロラは大丈夫だ。オルダナ婆がうまくやってくれた」

グインはきっぱりと言った。

「夜が明けたな。それは水汲みに行くのか？　よければ俺が行ってこよう。昨晩の食料の残りもまだある。朝食の用意をしながら、ゆっくりとアウロラが目を覚ますのを待つことにしようか」

3

「私が催眠にかかっていたとは……」

　アウロラはグインが水汲みから戻ってきて程なくして目を覚ました。はじめは自分がどこにいるのか、なぜそこにいるのかわからないようだったが、ルカスとカリス、グインが、かわるがわるに話して聞かせると青くなって頭を下げた。

「まさか敵に操られて陛下に剣を向けてしまうとは――かえすがえすも、申しわけありません」

「しっ。いま俺は、ここでは豹頭王の影武者ということになっているのだ」

　膝をついてわびようとするアウロラを押しとどめて、グインはすばやく囁いた。

「本物の豹頭王がこんなところを通っているとなれば面倒だ。いっさい影武者だと言うことで通しているので、アウロラもそうしてくれ。頼む」

「は？　はい。それは判りましたが……」

　アウロラはくるくると立ち働いているルミアと、卓について湯気をあげる茶の椀を手にゆったりと腰をおろしているオルダナ婆を量るように何度も見比べた。

「私が覚えているのはクリスタルでキタイの魔道師と対峙し、額の上でぱっと手を広げられたところまでなのですが……そこから先は何もわからなくなってしまって」

「そのことはもういいんだ、アウロラ。もう催眠は解けたんだから」

グインがルミアを手伝っててきぱきと動いているので、自分たちがじっとしているのが我慢ならないようすで落ちつかないルカスがおどおどと言った。アウロラはオルダナ婆がどこからか出してきた芳しい香の煎じ薬の鉢を手に持たされ、それをゆっくりとすすっていた。巨体のグインが動き回っている上、新たにアウロラまでも加わったので、小さな家の食堂はひどく狭苦しかった。

「調子はどうかね、娘さんや」

「あ、はい。もう大丈夫です。このお薬をいただいていると、頭の霧が吹き払われるようで身体に力がみなぎってきます」

オルダナ婆の問いに、アウロラは薬の入った鉢を持ち上げて答えた。

「本当にお世話になりました、お婆さん。もしこのまま術にかかっていて、連れに迷惑をかけていたら悔やんでも悔やみきれないところでした」

「あたしはたいしたことはしちゃいないよ。あんたの胸につけているその指輪、それがかなりの助けになった。その指輪はもともと黒い魔道を払う力があるでね。その指輪を焦点に力を集めることができて、かなりやりやすかったよ」

「母上の指輪が……」

アウロラは胸元の指輪を握りしめ、祈るかのようにじっとうつむいた。

「さあ、術が解けたお祝いに、食べて食べて。たいしたものはないけど」

ルミアが朝食を卓に並べた。ガティの薄焼きに穀物のかゆと、青菜をちぎって酢と油で和えたものという簡素なものだったが、ほとんど何もお腹に入れていなかったアウロラは特に、あたたかい食物がありがたい様子で、頬をバラ色に染めて匙を口に運んでいた。グインやカリスとルカスも心配事がなくなってほっとするといちだんと空腹が実感されるようで、素朴な食物を皿までさらえるようにして食べた。

出発はアウロラの体調を考慮して昼近くになった。長いあいだ意識がないに等しかったアウロラは無理なく馬に乗って歩けるようになるまで時間がかかり、かといって、意識のある状態でカリスやルカスに支えられて乗るのはアウロラが嫌がったためである。

「世話になったな、ルミア、オルダナ婆」

「なんの。こちらこそ、お役に立てて嬉しゅうございましたじゃ、影武者殿」

とぼけた顔でオルダナ婆はそう言い、グインは思わず苦笑した。アウロラはけげんそうにグインを見上げた。

「それでは、へ——影武者殿、参りましょうか」

「うむ。まことに世話になった、ルミア、オルダナ婆。この礼はいつかきっとしよう」

　街道に立って手を振るルミアとオルダナ婆をあとにして、四人はふたたび旧街道を進みはじめた。四人の姿が丘陵の向こうに消えるまで見送ってから、オルダナ婆はほっと息をついてヤーンの印をきった。それを見つけたルミアが、「どうしたの、おばあちゃん？」と訊いた。

「あの方々に神々のご加護があるよう祈っていたんだよ」

　オルダナ婆は遠いところを見るような目をしていた。まぶたが垂れ下がった細い目の奥には、なにか物思うような、奇妙なかぎろいがゆらめいていたのだった。


　マルーナの外れを迂回して、サイロンに向かってまっしぐらに進む一行には、アウロラの回復もあいまってなんとなく明るい雰囲気が漂っていた。目的としていたシルヴィアの探索については、とにかく居場所らしき場所が確認できたということでとりあえずの目的は達している。グインの目的であったシリウス王子救出と、そこから流れてワルスタットへ、そしてクリスタルへと流れた冒険行の帰着であったのである。その結果、さらなる懸案が発生していたにせよ、ともかくも、彼らは祖国へ戻ってきたのだった。隠密部隊に所属するルカスとカリスも、クリスタルでの怪異のあとに安全な祖国に帰ってきたことにはやはり安堵の念を禁じ得ないようだった。

アウロラだけはまだ、クリスタルにいると思われるシルヴィアのことを思ってふと瞳を陰らせることもあったが、ケイロニア王であるグインがあまり国を空けられないのは確かである。いつまでも、それこそ影武者に黒曜宮を任せておくわけにも行かない、思惑は様々ありながらも、彼らは、一路サイロンへ向かう道を急いでいったのだった。

　むろん皇帝たるオクタヴィアの存在はあるが、女で妾腹、しかも、即位してまだ間がないという状況では、グインの後ろ盾が必要不可欠である。オクタヴィアは、父の血を引いて剛毅果断でもあり、またそれなりの帝王教育も受けてはいたが、やはり父アキレウス大帝のように宮廷の人間すべての尊崇を集めるというわけにはいかない。

　その押さえとなっているのは間違いなくグインであり、大ケイロニアの統治の心臓がどこにあるかは明白であった。黒死の病と、それに続く大異変によって打ちのめされたサイロンにおいて、誰よりも崇敬されているのはあの災害を一人でとめたグインであり、即位間もないオクタヴィア帝は、むろんアキレウス大帝の血というしるしはあったにせよ、あまりにも赫々（かっかく）たるグインの人気にくらべれば、やはりいささか弱い、というしかなかったろう。

　ことに今は十二選帝侯のあいだにも、ディモスのことを始め、互いの結束を崩すような動きが頻発している。十二騎士団と十二選帝侯にささえられ、中原一の平穏を享受する大国としての足もとは少しずつ揺らぎ始めているといってよかった。ともかく、十二選帝侯の一角であるディモスが叛意を明らかにしたことについては、なんらかの手を打たねばならぬ。先にサイロンへ送らせたアクテ夫人と子供たちの処分も考えねばならぬだろう——むろん、オクタヴィアはアクテたちまでも処刑などという処分を下しはしないだろうが、グインが自ら各地を回って見いだしたことは、十二選帝侯会議を招集した上で十分な審議にかけねばならないことばかりであった。

（キタイの魔王は何を狙っているものか——）

馬を走らせながらグインは考えていた。

（ディモスの変貌はおそらく魔道にかけられたものと思ってよいだろう。……アルド・ナリスの復活についても。いったい何が目的なのだ？　クリスタルの人々を竜頭兵に変え、リンダ女王を拘束し、……シルヴィアを手に入れ）

（パロの中心を壊滅させ、ケイロニアの心臓部に黒死の病を流行させた上で十二選帝侯とケイロニウス皇帝家との間にひびを入れるような細工をし）

（レムス王を傀儡にしてパロをのっとろうとしたとき——魔王子アモンについては俺は思いだすこともできんが——話に聞いたところでは俺とともに古代機械でいずこかへ飛ばされたということだが——それでパロへの手出しはひとまず引いたと思っていたのだが）

（アルド・ナリスを手に入れようとしていたということも聞いた……竜王は、死んだアルド・ナリスをよみがえらせることで彼を手に入れようとしたのだろうか？）

（竜王がアルド・ナリスを手に入れようとしていた理由は——古代機械の操作法を知るのが彼のみであったということだ。操作法を知るアルド・ナリスと古代機械の本体——両方を手に入れることによって竜王の野望は達成される……）

（そして、俺——あのサイロンの災厄の一夜で、俺の目の前に現れたヤンダル・ゾッグは俺に秘められているという巨大なエネルギーを〈会〉に注ぎこもうとした……）

（ふたたび中原が蠢きだしている……俺とアルド・ナリス——古代機械とパロ——ケイロニアと十二選帝侯）

（この思惑は何をめぐっているものか——古代機械は停止し、もはや蘇ることはない。ヤンダル・ゾッグのつくる新都シーアンは生命ある都だという……その心臓部としてパロの古代機械とその操縦者が必要だ、と）

（古代機械は俺が命じてヨナに停止させたと聞いた……そうするとパロの古代機械はもはやシーアンの心臓部たりえない）

（もしシーアンに古代機械を心臓部として使用しようというなら、まず古代機械をふたたび動かす必要がある……ヨナとヴァレリウスは、俺が停止した古代機械の中に吸い込まれて『修復』を受けたと言っていた……すると俺は、停止したあとでも古代機械を作動させることができる人間だということになる……俺にはどうやったのか皆目わからん

が）

（竜王はアルド・ナリスを蘇らせることで手に入れたのか？　いや、あの『アルド・ナリス』は生前のアルド・ナリスとは違う……おそらくだが、古代機械のマスターとしての能力もなくしている）

（なぜそう思うのかはわからん……だが、俺の中にある妙な違和感がそう告げている。生前のアルド・ナリスに会ったことはない……少なくとも、俺の覚えている範囲では会っていない……だが、ヨナやヴァレリウスに聞いたかぎりでは俺と生前のアルド・ナリスは大切な古代機械の『ぱすわーど』を託されるほどに通ずるもののあった関係だったようだ。あれは、アルド・ナリスの姿をしているが、ナリスそのものではない——少なくとも、生前とまったく同じ人格ではあり得ない。最後までパロのために戦い、竜王の魔の手に抗い続けたという人物とは違う……）

（竜王を主とは仰いでいないと口にしていたが、では彼は自らの意志で活動しているということだろうか……それは何故だろう……カル・ハンを手下に使い、イシュトヴァーンを手の内に入れて）

（ディモスの変貌はケイロニアの内部にひびを入れんとする策謀だとして——アルド・ナリスの復活はなんのためなのだ——？）

思いに沈みながらグインは馬を駆けさせていった。

午後遅くになって、サイロンの七つの丘が見え始めた。黒死の病で封鎖されていた街道はすっかり解放され、ふたたび隊商や旅人が出入りするようになっているが、病の流行前ほどの賑わいは取りもどしていない。人の集まるサイロンの市門を遠く見て、グインはしばらく馬を留め、カリスとルカスが先触れとして、風が丘の黒曜宮へ向かった。

表向き、グイン王は黒曜宮をあけてなどいないことになっているのだから、正面から堂々と戻るわけにはいかない。先にハゾスにでも知らせて、内密のうちに入らなければならない。アウロラは外部の者ということでグインについて残ったが、催眠にかけられていたことをまだ気にかけているようで、グインに向ける視線はどこかおどおどとしていた。

「陛下……私の不調法により、陛下のご命令に背いて魔道師などの手にかかり、御身に剣を向けましたこと、ひらにご容赦願います」

「まだ言っているのか。そのことはもうよいと言っているだろう」

「しかし、ひょっとしてまだ、催眠の影響が残っているやも――」

「オルダナ婆が解いてくれたのが納得いかなければ、あとで魔道師を探して再度処置を受けるがいい。その必要はなさそうだと俺は見るがな。いずれにせよ、お前が魔道師に操られるような羽目になったのはお前があくまでシルヴィアを想ってくれたからだ。その気持ちは嬉しく思うし、だからこそ俺はお前を責めるような気はみじんもない。安心するがいい」

「は、はい……」

そのような会話を交わしているうちに、黒曜宮の方から一団の騎士が馳せ寄ってきた。グインの前に出るとさっと下馬し、国王に対する礼をとる。

「ケイロニア王陛下には、ご帰国まことにお目出度うございます。小官は黒竜騎士団第三大隊所属のウィリスというものであります。宰相ハゾス卿のご命令で、黒曜宮へのご帰還をお迎えいたすよう、承っております」

「ウィリスか。世話をかける。ハゾスは？」

「執務室にて執務の最中です。お戻りになったらすぐにお知らせをさしあげるよう命じられております。まずは陛下の旅のお疲れを癒やされ――」

「いや、いい。俺もハゾスに話さねばならぬことがある。案内を」

「は」

ウィリス騎士はあまり多くを喋ることなく、グインとアウロラをうちに包むようにして黒曜宮へと進み、通常なら食料品や宮殿内の備品などが運び入れられる脇門からそっとグインを中へ入れた。門をくぐって宮城内に入ると、思わずグインの口から大きなため息が漏れた。マントをかぶり、豹頭を隠しての旅は、やはり息の詰まるものであった。

「アウロラ、お前はひとまずカリス、ルカスと合流して、休息をとれ。ウィリス、この娘はシルヴィアを捜索する任務に携わっているものだ。部屋に案内し、食事と着替えをやってくれ。今宵はともかく、休むがいい」

「はい、陛下」

その時あわてたようにばたばたと足音がして、ハゾスが平服のまま飛びだしてきた。グインが立っているのを目にして、「陛下！」と声をあげ、感極まったようによろめいてきて我に返り、急いで国王に対する礼をとる。

「ご無事のお帰り、お目出度うございます、陛下」

「お前には、顔を合わせたとたんに、無茶なことをすると叱られるかと思っていたのだがな、ハゾス」

グインは苦笑した。

「陛下の果断なご気性、このハゾスほど知るものはおりませんからな」

頭を上げたハゾスはにこりと笑って、グインをかかえるようにして宮殿の通廊を歩きだした。

「ともかく湯をあびて衣服をあらためられ、今宵一晩はゆっくりお休みください」

「俺がどのようなことをしてきたか、お前は気にならぬのかな」

「それはもう、気になって気になってたまらぬところですが、陛下のごときか弱きお方が、長い旅から帰ってすぐにわたくしごときものの詰問に四苦八苦されてはお体が保ちますまいと思ったまでで」

「そうさな、俺は大層かよわいからな」

吠えるようにグインは笑った。

「ならば今夜は一晩、言葉に甘えて休むとしよう。明日の朝、時間はあるか」

「承知いたしました。まったく！　陛下がおられなくて、この黒曜宮はまさに火の消えたようでございましたよ」

「オクタヴィア陛下もいらっしゃる。俺ひとり抜けたところで、どうということもないだろう」

そっけないグインの言い草に、ハゾスは笑み崩れて、

「それ、そういう風におっしゃるとは思っていましたが、黒曜宮の心臓がグイン陛下にあることは私にとっては自明の理ともいえることですよ……おお、だからといってオクタヴィア陛下への忠誠が変わるわけではありませんが、このハゾスにとってのいちばんはやはりグイン陛下なのです。そのことをお忘れになっては困りますな」

ハゾスは国王宮の入り口まで丁寧に見送ってから小姓にグインを引き継いだ。その目にはいまだに、ようやく帰ってきた主から離れがたいとでもいうような、うるんだ光を宿しているのだった。

翌朝、グインは王宮の中でも密談に使われる小さな昴星の間でハゾスと向かい合っていた。小姓にカラム水と、はちみつ酒を発泡水で割ったものを運ばせ、扉を閉めてから、ハゾスは待ちかねたように身を乗り出してグインの話をうながした。

「それでは、陛下、何がおありだったのです。このようにお帰りが延びるような、どんなことが……」

グインは話し始めた。すでにベルデランドでシリウスを発見し、ケルート伯の陰謀を打ち砕いたことは伝令によってハゾスには伝わっている。その後、ダナエに足を向け、そこでシルヴィア探索のため行脚に出ていたカリスとルカス、アウロラに出会ったこと、ダナエの母侯ルシンダに黒魔道師の息がかかっていると知ったことを語った。

その場に現れた〈闇の司祭〉グラチウスは、パロに竜王の手による人造人間がいることを示唆し、その人造人間の手によって左手を奪われ、それをルシンダの操りに使われたと主張した。そして、グインのおかげで竜王による幽閉から逃れ得たという彼は、その礼代わりというように、ひとつの情景を水晶球に浮かべてみせた——ワルスタット城に幽閉されているアクテ夫人とその子供らのことを。

「婦人と子供らはもうサイロンに到着しているな？」

「はい。ひとまずワルスタット公邸に謹慎ということで身を寄せさせております。アクテ夫人からも一通り話は聞いたのですが、夫人はただ、ラカント伯という男がディモスの命令書を持ってきて幽閉されたということしかご存じありませんでした」

「アウルス・アランからアンテーヌ侯のことも聞いているか」

「それも。アウルス・フェロン殿が表面上同盟を結ぶことに同意している間に、アウルス・アラン殿がワルスタット城に急行して、そこで陛下と出会われたと」

ハゾスは言葉を切って気づかわしげにグインを見た。

「これらの裏で諜者として動き回っていたラカントなる男ですが、その後どうなりましたか？」

「俺がワルスタット城に入ったときにはすでに姿をくらましていた。ただその背後にいる人間があまりにも明らかであったので、俺はパロへ向かい、その黒白を質そうと考えたのだ」

ハゾスの顔がわずかに青ざめた。すでにアクテ夫人やアウルス・アランから聞いて疑念はふくらむばかりだったが、それでもディモスは彼にとってかけがえのない親友に違いはない。その親友の変貌の正体が明かされようとしているとき、ハゾスは思わず息を呑み、手の中のカラム水の杯をきつく握りしめた。

「俺はクリスタルに入った」とグインは言った。

「クリスタルは荒廃していた。――竜頭兵なるトカゲの化け物が出没するのみならず、銀騎士なる魔道の産物が往来して、近辺からひとをさらっていた。俺も戦ったが、表面はパロの騎士を思わせる銀の鎧をまといながら、首を打ち落とせばそこからあやしい黒い霧がこぼれ出て、トカゲのように鱗のある犬に変化するやっかいな敵であった。俺は出会ったクリスタルの生き残りの子供らを助けながら、その銀騎士の向から場所なるところへ案内してもらった」

「リギア聖騎士伯やマリウス殿にも話には聞いておりましたが……まこと、クリスタルは死の都と化したのでありますか」

「その中でクリスタル・パレスのみは無傷であった。俺は北クリスタルのある邸宅でディモスに会った。ディモスは……」

トパーズの目が苦渋を示すように細くなった。

「あれは……ディモスだった。いや、ディモスではなかったと信じられればどれだけよかったことだろう。ディモスはすっかり変貌していた。俺をあなどり、嘲笑し、ケイロニアの帝位を裏から操らんとする国賊呼ばわりして、最後には狂乱したように剣を抜いて斬りかかってきたのだ」

「なんと」

ハゾスは言った。信じられぬままにもう一度、

「なんと」とくり返してから、

「確かに私も、十二選帝侯会議の時、さきに陛下をケイロニアの帝位に推すことに異論

はないと言っておきながら、実際には反対の一票を投じたり……オクタヴィア陛下の即位の典の時にも話す機会を持ちましたが、あののんびりとした善良な男が、なにやらしんねりと絡みつくような物言いをする、どこか信用ならぬ男に変わっていて、これは本当に自分が友としていたワルスタット侯ディモスかと。おのが目と耳をうたがっておりましたが、まさか、グイン陛下に斬りかかるほどおかしくなっていたとは——」

「むろん、俺はディモスに斬られてやるほどお人好しではなかったので、ディモスを取り押さえてその場に縛っておいたのだが」

　しずかにグインは言った。

「当たり前です。それにしても、武官でもないディモスがよくも陛下に斬りかかろうなどという気を出せたもので」

　椅子に深々ともたれてハゾスは額を拭いた。

「そこが魔道に操られていたところなのだろうな」

「すると陛下は、ディモスが魔道に操られていたとお考えになりますか」

「そう考えねば、われわれが知っていたあのディモスと、裏で陰謀をたくらみ、ケイロニアの内部分裂を図り、ケイロニアの帝位を求めてアンテーヌやロンザニアに働きかけるといったようなことをする男が同一人物とは思えんだろう。何より、ディモスが心からの愛妻家で、子煩悩だったという事実はお前も知っていよう、ハゾス。そのディモスが、アクテ夫人と子供らを幽閉し、アンテーヌ侯への脅しに使うということが、俺には信じられぬ。俺はお前ほどディモスとの付き合いは深くないが、それなりに人柄は知っていたつもりだ。ヤンダル・ゾッグに憑依されていたパロのレムス前王とはまた性質が違うかもしれんが、いずれ魔道の催眠か、それに近いものによって人格が変貌したのだと言うことは、まず間違いあるまい」

ハゾスは指の関節が白くなるほど椅子の肘掛けを強くつかんでいた。かつての――「かつての」と言わなければならないことがなんとも辛いようであった――友人が、魔道にかけられ、国を裏切るようなまねをさせられたということが許せないのであった。確かに、ディモスはハゾスほど頭の切れる男ではなく、むしろそののんびりとした性質によって心を慰められることも多かっただけに、友をそのようなたくらみの駒にし、貶め、辱めたものに怒りが抑えられなかった。

「ディモスを取り押さえられて、連れて戻られなかったのは何故なのです。まさか哀れみをかけたとはおっしゃりますまい」

「むろんだ。俺がディモスを縛って転がしていると、見知らぬ女人が現れて、俺に会いたがっている人物がいると伝えてきたのだ」

「よくついて行かれましたな。罠やもしれぬとはお思いにならなかったのですか」

「罠かとは感じた。だが、あえて飛び込んでみることでディモスを操るものに出会えるかも知れぬとも思ったのだ。俺は女人に導かれて地下の通路へ入り、そこから、クリスタル・パレスへ導かれた。結界に阻まれて外からは入れなくなっているパレスの中へ」

グインははちみつ酒を一口含んだ。

「そして――そこで俺は、アルド・ナリスに出会ったのだ」

「アルド・ナリス？」

ハゾスはけげんそうに目を細めた。

「さきのパロの内乱で、クリスタル公アルド・ナリスは死去したとの報告でございましたが」

「俺もそう聞いている。俺自身は忘れてしまったが、俺はそのアルド・ナリスの死に目にも立ち会ったようだ。アルド・ナリスが死んだことはさまざまな点から見ても確かだった――だが、俺が会ったのは、確かに生きているアルド・ナリスだった――いや」

グインは少し考えて首を振った。

「アルド・ナリスを名乗る何か別の人物、と言ったほうがよいのかも知れぬ。アルド・ナリスという人物を判定できるほど俺はかの人物について知っているわけではないが、リンダやヨナ、ヴァレリウスから耳にしている人物とはまったく違った人物だという感じを受けた。リンダの話によればアルド・ナリスはパロに伸びる竜王の魔手を退けるために不自由な身体で最後まで雄々しく抗った人物であり、最初からひどく不利だった戦にも耐えて、俺がパロ内乱に介入するまで戦い抜いた強靭な精神の持ち主だということだったが……」

「……」

「あそこにいたのは、確かに一種強烈な人格を持った人物ではあったと思う」

考えながらグインは言った。

「だが、リンダやヴァレリウスの言っていたような人物とはどうも思えない……それとも俺の知らぬところで、アルド・ナリスというのはああいう男だったのだろうか？　確かにまたとなく美しい、冴えた目を持つ人物ではあると感じたが、国のために命をかけて竜王に抗ったという人物と同じ人物とは思えぬ。何より、身近にキタイの魔道師を使い、自身もあやしい魔道を使った。ヤンダル・ゾッグに臣従しているわけではないと自分で言っていたが、同じ性質の術を使うのは確かであった」

「グラチウスは、キタイの竜王がパロに人造人間を置いていると言ったのでございますね」

考えこみながらハゾスは言った。

「グラチウスの言っていた人造人間というのが、アルド・ナリスと名乗るものであったというのではございませんか？」

「その可能性はあると思う――が、人造人間と言われるとちと違うと感じる。あの『アルド・ナリス』は、確かに一箇の人格を備えた一人物としてそこにいた。人造人間というのは、ヤンダル・ゾッグの意志を注ぎこまれた形代(かたしろ)、というように聞こえる。あの『アルド・ナリス』は、それ独自の人格をしっかりと備えていて、おのが欲望も、意図も、独自のものを持っているように俺には思われた。ただ生前のアルド・ナリスであれば、クリスタルを竜頭兵の蹂躙に任せるようなことは絶対に許さなかったであろうから、そのあたりは竜王による改変が働いているのかも知れぬと思うが」

4

「ふうむ……」

ハゾスは鼻から太い息を吹いた。グインは続けて、

「そしてアルド・ナリスは俺を手に入れようとした——俺にシルヴィアらしき姿を見せ、俺が動揺したすきに魔道で手の内にとりこめようとしたのだ——と、思う」

「へ、陛下！」

「騒ぐな。俺は今ここにこうしているではないか。……それは結局失敗に終わったのだが、そのまま俺はもとのディモスと向かい合っていた部屋に飛ばされた。誰かに助け出されたのか、それとも自分でいましめを解いて抜け出したのか、ディモスの姿はなかった。周囲を探してみたがどこにもディモスの姿はなく、パレスへ入るのに使った地下道も閉ざされていた。それで俺は仕方なく外へ出て——竜頭兵との戦いや銀騎士なる怪しげなものとの戦いもあったが、おのれがあまりに長く国をあけすぎたと感じ、帰還の途についたのだ」

「影武者で人目をごまかすにも限界がございますからな」

「アルド・ナリスの正体やディモスの探索、またシルヴィアらしきちらりとみせられた後ろ姿など――心の残ることも多かったのだが、なにしろ俺とカリス、ルカス、アウロラの四人しかいない状態で、しかもクリスタルの生き残りの子供ら二十人ばかりを行きがかり上拾うことになってしまった。彼らについてはカラヴィア公の騎士団が引き受けてくれたので助かったが、あまりにも対応しなければならぬことが多すぎた」

「ひとまずは、お帰りくださいまして良うございました。しかし、気になることが多すぎますな。ディモスの行方、アルド・ナリスと称する人物のこと、また、その――」

少し言いよどんで、

「――シルヴィア様の所在、なども」

「ああ。俺が見たのはほんの一瞬、アルド・ナリスなる人物の術でどこかの室にいるのを後ろ姿だけ見たばかりであったから、本当にあれがシルヴィアであったかと問われれば確言はできぬが、見た瞬間の直感では『あれはシルヴィアだ』というものだった。ただ、どこかの一室にいるシルヴィアが見えただけで、どこの室なのか、クリスタルなのかどこなのかはわからなんだので、探す手がかりもないのだが」

「……………」

ハゾスはちょっと苦い顔をしただけでなにも言わなかった。彼にとっては、グインのろう。
〈シレノスの貝殻骨〉たるシルヴィアの醜行を考えると、いっそのこと行方不明のままでいてくれた方がいいのだというようだった。オクタヴィアが帝位につき、サイロン市民たちによって売国妃なるあだ名までもつけられてしまった彼女を、グインが危険に身をさらしてまで救い出す必要はないとまではいわずとも、それに近い考えではあっただろう。

グインはちらりとハゾスを見たが、わずかに視線を床に落として、

「さらに、『アルド・ナリス』は、ゴーラのイシュトヴァーン王を手の内に引き入れていた。カメロンを殺害したことで傷心しているイシュトヴァーンを慰め、甘い言葉で許してみせることで、自分にすがらせ、依存させるようにしていた」

「ゴーラのイシュトヴァーン王を……ですか」

ハゾスは難しい顔をした。

「また面倒なところをついてきますな。ゴーラはいま中原ではもっとも要注意の国……といってよいのかどうかわかりませんが、イシュトヴァーン王ほど注意の必要な人物は今の中原には少ないのではないかと考えますが」

「イシュトヴァーンを留める手綱であったカメロン卿を失って、ゴーラはどうなっている」

「間諜の知らせによれば、イシュトヴァーン王が国を空けているのと同時にカメロン卿

がその王の手によって斬り捨てられたと伝わって、ゴーラ宮廷は上を下への騒ぎとなっているようです。ほとんどの内政はカメロン卿の一手に預けられていたために、これまで回っていたことがらがすべて停止するかおそろしく速度が落ちてしまって、政府としての形もよく整え得なくなっているとか――もともと、イシュトヴァーン王は軍事力こそあれ統治者としてさほどの手腕のある人物ではありませんから、この隙に旧ユラニア系の勢力や、アムネリス大公を自害に追い込まれたモンゴールなどから反抗勢力が噴出するのではないかとの見通しでございますが」

「そのイシュトヴァーンを手に入れてどうしようというのか……生前の妻であったリンダ女王をも魔道の眠りにつかせて幽閉し、クリスタル・パレスに閉じこもって、『アルド・ナリス』は何をするつもりなのか」

「キタイの竜王がその背後にあることはほぼ確実ではないのでしょうか」

「おそらくはな。だが、『アルド・ナリス』が『竜王に従っているのではない』と言っていたのが気にかかる」

「気にかかる、とおっしゃいますと……？」

「もし『アルド・ナリス』が竜王に従っているのではないとすると、この中原を揺さぶろうとする相手が竜王、グラチウスといった連中のほかにもうひとり増えるのではないかという危惧だ」

「アルド・ナリスが中原を騒がす影の勢力に加わるということでございますか」

「少なくともいま、『アルド・ナリス』は竜王の下風に立っているように見えるが、いつまでもそうしているとは思えないということだ。いつかそう遠くないうちに、アルド・ナリスは竜王に反して自分の目的を追うために動くのではないかと思う。それが、いかなる目的であれな」

ちょっと沈黙が落ちた。ハゾスはグインの言葉をかみしめるように考えこみ、グインはクリスタルで見てきたものを思い返すかのように杯の底に目を落としている。クリスタルは破壊され、ゴーラ王国はモンゴールに反乱勢力をかかえ、ケイロニアは黒死の病からの復帰と新しい女帝オクタヴィアの時代を迎えつつある。乱れる中原に対して、まだこの上暗い影を落とすものが出てこようというのか、と、背筋のそそけ立つような思いをハゾスは抑えきれないのであった。

「とにかくわれわれのとるべき手段としては、引きつづきディモスの行方を追い、シルヴィアさまをお探し申しあげること、になりますかな」

ハゾスは言った。

「それとも陛下としてはクリスタルに盤踞する『アルド・ナリス』なる人物を討つために軍をお出しになる考えであられますか？　もしそのお考えでしたら十二選帝侯会議を招集し、議題にかけねばなりませせぬが」

「いや。あの人物を討つのに必要なのは、ケイロニアの兵力よりは魔道師の力だろう。竜頭兵にせよ銀騎士にせよ、魔道の産物だ。ケイロニアの兵力を送ったところで、魔道の力に巻き込まれて手もなくやられてしまうのが落ちだろう。ケイロニアの兵たちを軽く見るわけではないが、彼らはそうした魔道といったあやしげなことがらにはまるきり通じておらぬ。魔道師部隊であればパロそのものだが、その魔道師自体もほとんど死滅してしまったに等しいらしいとあってはな。むろん、いまだ黒死の病とその後の災厄の打撃から立ち直りきっていないわが国のこともあるが」

「御意……」

「またディモスが十二選帝侯に働きかけ、おそらくは操られてのこととはいえ皇帝位を狙ったこともそのままにしておくわけにはいかん。なにも処刑のなんのというわけではないが、アクテ夫人とその子供たちの身の処し方も考えてやらねばならん。ダナエ侯の跡継ぎ問題もある。ツルミットの税不払いや、ロンザニアの黒鉄鉱の値上げ問題もまだ決してはいない。まずはディモスの所業をあきらかにし、それによってひびを入れられた十二選帝侯家の結束をふたたび取りもどし、国内の足もとを固めることだと思うが、ハゾス、お前の意見はどうだ」

「さようでございますね……」

ハゾスは少し考えて、

「まずはディモスの所在を抑えることが肝要であろうと思います。これらの動きの背後にディモスの扇動があったのであれば、そのことを明らかにすることによって反攻の動きを押さえることもできましょう。わがケイロニアは皇帝家を中心に十二選帝侯がつどって支える国、その結束に傷があってはなりません」

「俺もそう思う。ディモスはクリスタルからラカントやルゴスなどという手下を使って各選帝侯に働きかけていた。ラカントは俺がワルスタット城に入ったときに逃亡したようだが、こちらの行方も追わせねばなるまいな。そこからたぐれば、ディモスの現在の居所もあきらかになるかもしれん」

そう呟いて、グインはじっと俯くハゾスにトパーズ色の目をむけた。

「どうした。ハゾス」

「悔しいのです」

ハゾスは卓にひじをつき、握りしめた拳をふるわせてじっと唇をかみしめていた。

「仮にも親友という身でありながら、ディモスの変貌を見過ごしたこと――何度も何度もあやしいと思い、詰問さえしたことがあったのですが、そのたびにはぐらかされてしまい、ついにその真相にいたるを得ませんでした。私がもっとしっかり、もっと早くに追及しておれば、ディモスをなんとかできたのではないかと――」

「ディモスはパロ駐在だったのだ、ハゾス。身近におらなんだお前に責任はない」

「急に人柄が変わったようだと感じ、幾度も問い詰めたのですが……ケイロニアの武辺者などの意識はどうにもならぬものですね。おかしいおかしいと思いつつ、魔道とも、なんとも思い当たらぬままに気を揉んだだけですごしてしまった……もっと早く、それこそ陛下になりとご相談申しあげていれば何かが違っていたかも知れぬものを」

「俺に相談したところでどうすることもできなかっただろうさ。あまり自分を責めぬがよい、ハゾス」

「そうでしょうか……」

ハゾスは震える手で顔をこすると、何かを振りはらうようにぐいとカラム水をあけた。

「では、とにかくディモスの行方を捜させることにいたしましょう。クリスタルで見失われたのち、手がかりなどは？」

「それがないのだ。俺がクリスタル・パレスに行っている間に、何者かの手によって解き放たれたか、自分でいましめをほどいたのかわからぬが」

「それでは、ひとまずクリスタル周辺の宿場町に捜索隊を派遣して、そこからたぐってゆかせることにいたしましょう。陛下を導いたというその女人はそのあとどうしたのですかな」

「彼女はアルド・ナリスに仕えている者だと自分のことを言っていた。『あの方』としか口にはせなんだが。アルド・ナリスはディモスを催眠にかけてはいない、とも言っていた――本当かどうかは判らぬが。ヤンダル・ゾッグがディモスを催眠にかけていたのだとしたら、俺と衝突したあとふたたびヤンダル・ゾッグかその手の者がふたたびディモスを連れ去ったのかもしれぬ。ただ俺が、ディモスの変貌振りを知った以上はこれまでのようにケイロニアを揺り動かしにかかってくるわけには行くまいが」

「クリスタルの『アルド・ナリス』」

ハゾスはひっそりと呟いた。

「ヤンダル・ゾッグが死せるアルド・ナリスを蘇らせ、何を思ってクリスタルに置いたのか、われわれでは推し量ることはできませんが、いずれなんらかの動きをしかけてくると見た方がよさそうですな」

「このことは、マリウスやリギアには伏せておいた方がよかろうな」

ため息をついてグインは言った。

「彼らはアルド・ナリスに対しては深いつながりを持つ者、もし知れば、衝動のままにクリスタルへと飛びだしていくかもしれん。あのようなあやしい人物であっても、アルド・ナリスの名を名乗っているとあればその真偽を確かめるためだけでも彼らはクリスタルへ赴くだろう。現在のクリスタルは竜頭兵と銀騎士の行き来する魔のちまただ。彼らのみで入っていって無事に戻れるとは思えぬ」

「マリウス――アル・ディーン殿下は今となっては唯一の王位継承権者でもございます

しな」

　ハゾスはうなずいた。

「かつて生前のアルド・ナリスのたくんだ佯死の知らせにも鉄砲玉のように飛びだして行ってしまった方だ。まあもともと放浪の性のおありの方とはいえ、いまのクリスタルへ、あの頼りない方おひとりで戻られるのは危険すぎる」

「俺としては彼らの心をいたずらに揺さぶりたくないのだ」

　グインは少し視線をうつむけて言った。

「アルド・ナリスと名乗る者が荒廃したクリスタルで何かを画策していると知れば、彼らの心はかき乱されるだろう。せっかくサイロンへ来て落ちついているところを、ふたたびふさがった胸の傷を開くようなことはさせたくない」

「御意……」

「クリスタルを廃墟に変え、つづいてケイロニアにも魔手をのばしてきたキタイの竜王を許すわけにはいかぬ」

　グインはかつんと音を立てて杯を激しく置いた。

「われわれはいっそう結束を固くして事に当たらねばならん。そのためには十二選帝侯をいまいちどよくまとめ、アキレウス大帝時代と同様にオクタヴィア陛下をもり立ててゆける一枚岩の体制をつくらねば。パロがあやうく、ゴーラが乱れるいま、中原に平穏を保つのはわがケイロニアの務めだからな」

「オクタヴィア陛下。ケイロニア王グイン陛下、お見えでございます」

ものの柔らかな小姓の取り次ぎの声に、オクタヴィアははっと顔を上げた。そして、小姓の開けた扉をぬけて大股に入ってくるグインの姿に顔をほころばせた。

「グイン」

黒曜宮の第二謁見室である。もっとも広い公式の第一謁見室ではなく、居間の続きのようなやや狭い部屋で、玉座と謁見者の距離も近い。オクタヴィアは略王冠を額につけ、品のよい深緑のびろうどのドレスに肩から毛皮の縁のついた紫のマントを着け、玉座にうずまるように座っていた。グインが入ってくるのを見て、反射的に迎えに立ちあがろうとしたが、身分として自分はそのようなことをするものではないのだということを思いだし、あわてて座りなおした。彼女にとっても、大切な後ろ盾であり相談役であり、なによりも心のよりどころであるグインがこのところ宮廷をあけていたということは、なかなかに心細いものがあったのである。

「戻ってきたのね、グイン。お疲れさま」

「オクタヴィア陛下にはつつがなくわたらせせられ、恐悦至極」

グインは玉座の前に跪き、君主に対する礼を行った。

「あなたに戴冠式を見てもらえなくて残念だったわ。私、なんとかやれていて？　どうかしら？　お父さまと同じくらい、とはいわないまでも、この玉座にふさわしい人間に見えているかしら？」

「それはもう、陛下」

　トパーズの瞳がわずかに笑った。

「陛下は立派に皇帝の座をこなしていると俺には思われる。そう考えておらねば俺は安心してケイロニアをあけたりせぬ」

「ありがとう、嬉しいわ。お父さまやハゾスが、あなたを頼りにするのは当然のような気がしていたけど、いざ自分がお父さまの地位についてみると思った以上にあなたのいないことが心細くてならなかったわ。むろん、私はお父さまほど偉大な為政者じゃない、ただの女だけれど、それでも、いいえ、それだからこそ、あなたがいてくれることで安心できるんだわ」

「過分なお言葉、痛み入る」

「それで？」

　玉座の肘掛けに手をついて、オクタヴィアはわずかに身を乗り出した。

「何があったの？　シルヴィアの子供が生きていたことは聞いたわ。その子も皇位継承権者として数えられるのだから、私もくわしいことを知っておく意味はあるはずよ」

問われるままにグインは、ベルデランドの女たちのもとで育てられているシリウスのことを語った。左右の色の違う瞳を持つ異相の幼児、と聞くとオクタヴィアはふっと息をついた。

「その子は、私にとっては甥に当たるわけね。……できれば宮廷に引き取ってあげたいけれど、いまの状況では、それは難しいのでしょうね」

「陛下のお優しい心はよくわかる。だが、いまの宮廷で育つことはシリウスにとっては幸福ではあるまい。ベルデランドの巫女たちの庇護のもとで、大きくなっていくことが今はよいことだと思う。多くの子供らの中に交じって、もつれあって遊びながら人となることの方が、ずっとあの子のためにはよいことだろう」

「そうして、ほかには？　だいたいのことはハゾスから聞いているわ。でも、あなたの口からも聞いておきたいの。ここのところ、ケイロニアの十二選帝侯中に動揺が絶えなかったのが、ディモスのしわざだったというのは本当なの？」

グインはうなずき、クリスタルへ入ってそこでディモスに会ったいきさつを話し、さらにその後、『アルド・ナリス』と名乗る人物に出会ったことをかいつまんで語った。オクタヴィアは、魔道で操られたディモスが事件の背後にあったことに、哀しみと怒りの入りまじった表情をした。

「すてきな方だと思っていたのよ。容貌もだけれど、ご家族を大切になさっていて、たいそう生真面目で、穏やかで、とうていそんなことをしそうな方だとは思えないわ」

「それが魔道というものなのだ。ひとの精神に働きかけ、時にはまったく違った人格に造りかえてしまう。ディモスはヤンダル・ゾッグの魔手にかかったのだ」

「ヤンダル・ゾッグ」

　オクタヴィアは吐き出すように言った。

「せんだってこのサイロンに大災厄を招いた、あの魔道師！」

「さらにクリスタルへ竜頭兵を送りこみ、住民を虐殺せしめたのもきゃつのしわざらしい」

　グインは言い添えた。

「そして、アルド・ナリス——と名乗る人物をクリスタル・パレスに置き、さまざまなことのいきさつを見守らせていたことも」

「アルド・ナリス」

　オクタヴィアはわずかに青ざめた。

「マリウスの兄上だったかた——もし、彼がそんなことを聞いたらたいへんなことになるわね。亡くなられたとき、マリウスがどんなに傷ついたかは想像に難くないけれど、それがもし竜王の力にせよ生き返らされていたとしたら、マリウスは——」

「それは、俺も心配するところだ」

グインは低く言った。

「もともと宮廷という場所に――いや、あるひとつの場所にいることに耐えられぬのがマリウスという男だ。もしいま、ナリスがよみがえってクリスタルにいるということを聞きつけたら、たちまち時を移さず黒曜宮を出奔してクリスタルへ向かうだろう」

「パロでリンダ女王がどうなっておられるかわからないのに、唯一の王位継承権者のあのひとがそんな風に出ていくことを、いまの中原の状況では許せそうにないわね」

オクタヴィアはそっと首をふった。

「ワルスタット城からリギア聖騎士伯とマリウスが黒曜宮に入られたときに、パロの王位継承権者アル・ディーン王子を保護するという形をとった上は、そう簡単に彼に出ていかれるわけにはいかないし。リギア聖騎士伯も……いえ、リギアさまもまた、ナリス公にはゆかりの深い方だったわね。まさか二人して、クリスタルへ飛びだしていくようなことにならなければいいけれど」

「そのためにしばらくは、クリスタルにアルド・ナリスと名乗る者がいるということは内密にしておきたいのだ」

そういってから、グインは仕方なさそうに吠えるような笑いをもらした。

「もしマリウスが知ったら、またそうやって僕の知らない場所で僕を操ろうとする、といってかんかんに怒るのだろうが――確かにいま、マリウスをそうやって失うことは、同盟国としてさせるわけにはいかん」

「でもグイン――そんなことがあるものかしら？　死んだ人を蘇らせる魔道なんて――いくらキタイの魔王が強力な魔道師でも」

「わからん。黒死の病もまたヤンダル・ゾッグのしわざであれば、クリスタルの住民を竜頭兵に変貌させたり、アルド・ナリスを生き返らせる――というよりは、再生させるといった、物理的で大がかりなものに変化してきたのが気にかかる。ヤンダル・ゾッグの建築しつつあるという新都シーアンの存在が関わっているのかもしれん。いずれにせよ、ディモスを通して裏からケイロニア政府にゆさぶりをかけてこようとしているものなら、王に憑依されたパロの轍を踏まぬためにも、一刻も早く手を打つべきだろうな」

「十二選帝侯をうまくとりまとめられないのは皇帝たる私の力不足ね」

　恥入るようにオクタヴィアはうつむいた。

「ロンザニアの鉄のことも、ツルミットの税の不払いも、皇帝たる私がもっとしっかりしていればなんとかできたはずだわ」

「ご自分を責められることはない、陛下。ディモスを通じてケイロニア内の不和をあおろうとしていた者がいたのだ。とにかくディモスを捜索しようと昨日、ハゾスとも話したところだが、ディモスを捕らえたところで問題が解決するとは思えん。相対すべきはその背後に存在する者だ」

「父上のように強力な力があればと私、しみじみ思うわ」

　オクタヴィアは椅子にひじをついて吐息した。

「こんなふうに選帝侯の結束がゆらぐようなことは父上の時代には考えられなかったことでしょうからね。まだまだ私は力弱い、新米の女帝だと思わずにいられないわ」

「父陛下は父陛下、オクタヴィア陛下はオクタヴィア陛下だ。自分の力を信じて進まれることだ」

　グインはつと身を進めて、うやうやしくオクタヴィアのマントの端に唇をあてた。

「ケイロニウス皇帝家の果敢な血はまちがいなく御身の中にも流れている、陛下。いずれ時が経てば、人もみな陛下をケイロニア皇帝として心強く仰ぐはずだ。俺はそう信じている」


　熱くねばねばした暗黒が四肢を捕らえていた。煮えた泥のように熱く、どろどろとした闇が、手足を絡め、目から、鼻から、口から、体中の穴という穴から侵入しようとしてくる。まるで生きた獣の臓腑に飲まれて、溶かされていっているかのような感覚に、ディモスは悶えた。目を開こうとしてもべたついた糊が貼りついているようにまぶたは開かず、叫ぼうと口を開いても生ぬるい闇が流れ込んでくるばかりで声も出ない。

　何度も救いを求めてさけんだ——かぎりなくなつかしく思われる親友の顔、なつかしく慕わしく思われる主の黄色と黒の豹頭、剣を捧げた主である皇帝の老いた剛毅な顔が閉ざされた視覚の前をむなしく行き来した。

（助けてくれ――ハゾス――ハゾス！）

夢中になって彼は呼んだ。誰よりも心を許した親友のおもかげにむかって叫んだ。だが甲斐はなく、すべての感覚は煮える泥の中に閉ざされ、暗黒に沈んでいくばかりだった。

（陛下――アキレウス陛下――グイン！　グイン陛下！）

なつかしい妻子の顔も目の前を揺曳（ようえい）していった。笑顔で自分を迎える妻と、歓声をあげて迎えに駆け出してくる子供らと――だが、それはいつのまにか別の顔に変わっていった。白い、美しい、肉感的な唇とゆたかな胸を持った女、ケイロニアの質実な女性であるアクテとはまったく違った、パロの水で磨き上げられた極上の貴婦人。

（あ――）

（……さま――わたくしをあなたの物にしてくださいませ……わたくしはあなたのもの……あなたのもの……）

（やめてくれ！）

絡みついてくるゆたかな四肢に仰天して振りはらおうとする。

（わ――私はケイロニアの男、妻も子もある身で……）

（そのようなこと、どうでもよろしいではございませんの……この胸に、この肌に、触れてみてくださいませ……この顔、この瞳……わたくしを美しいとはお思いになりませんの……？）

（はなしてくれ！　私は、私はワルスタット侯、アキレウス・ケイロニウス皇帝陛下に忠誠を誓う十二選帝侯、ハゾスの友、豹頭王グイン陛下の股肱……）

（あ——あ——あ！）

彼は身もだえて女の抱擁からのがれようとした。生真面目、朴念仁と、いわれ続けてきた彼にとってはそのようなものは不要であるはずだった。脳裏をまったく違う二つの自分が駆け巡った——一つは、妻子に囲まれ、素朴ながら幸福な家庭を営んでいる自分、心を許した親友とともに笑い合っている自分、剣を捧げた皇帝の御前でその胸を熱くしている自分。そしてもう一つは、白く豪奢な邸宅の一室に雲のごとくうずくまり、酒を呷り、女の白い肉に顔を埋めている自分、きれぎれに頭をよぎっていくのは、妻子に囲まれた生活の単純な喜びと、それとはまったく相反した、暗い陰謀、金と報償の約束で抱き込んだ男に対して、つぎつぎと指令を下しているおのれ、それまで考えたこともなかったような悪魔的な発想がたえまなく流れ出してくる恐るべき頭脳の働きであった。

（ちがう——ちがう、私はそんなでは……）

いいや、お前はケイロニアの帝位を望んだのだ、と嘲るような声が言う。

我が物にするがよいのだ、あの豹人に牛耳られるくらいなら――いまわしい半獣人に獅子の玉座を奪われるくらいなら、おのれが登るのが正しい形というものだ。ワルスタット侯として身分にも、力にも、不足のあろうはずがない。妾腹の女皇帝などよりも、ふさわしいその意志のあるものこそが究極の燭王冠をいただくべきだ――

（違う、違う、違う――！）

「ディモスさま」

ひやりと冷たい手が額におかれた。

「ディモスさま――ディモスさま。うなされていらっしゃいますの。ディモスさま。目をおさましになってくださいな。ディモスさま」

その、細い指先がまるで焼きごてのように感じられて、ふたたび出ない悲鳴をあげようとしたとき――

――ディモスは、落下するように目を覚ました。

全身冷たい汗に濡れ、大きく肩で息をしていた。ぼんやりとした外光がななめに外から入り込み、白い部屋は灰色に沈んでいた。ロザリアの花の香りがひっそりと香ってくる。彼は自分のかたわらに膝をついている女の顔を恐ろしいものであるかのように見つめた。

「フェリシア……」

「どうなさいましたの。わたくしをお忘れになりまして」

「いや……」

きれぎれになった記憶がゆっくりと元の場所に戻っていくようだった。ディモスは額の汗を拭った。少しずつあったことが思いだされてくる。あの豹頭王が部屋に踏み込んできたこと。かわした会話。剣を抜いて相手に斬りかかったこと。それから……そして……

ディモスは呻いて頭を抱えた。フェリシアがそっと寄り添う。

「頭が痛い」

「ご無理をなさらないで。お休みになってくださいな」

そっと手を添えて、フェリシアはディモスをふたたび寝床へ導いた。

「グインが来た」

目を閉じながらつぶやくようにディモスは言った。

「アクテと子供らを解放し、アンテーヌ侯との同盟を知っていると言った……あの、豹人めが――よくも……」

「もう大丈夫ですわ、ディモスさま」

フェリシアは白い顔をディモスに近づけてささやくように言った。

「グイン王はすでにクリスタルを去りました。あなたさまに手を触れるものはおりません。まだすべてが終わったわけではございませんわ」

「グインは私をサイロンへ連れて戻るつもりだったのだ」

ディモスは口走った。

「誰があのような卑しい半獣人などの縄目にかかるものか！　奴ごときあの色狂いの皇女と結婚したがためにケイロニア王を称するだけの獣人に辱められて生きている生命は持たぬ。もはやケイロニアに私の居場所はない。あの獣人めがのさばるかぎりは」

「ディモスさま、ディモスさま、落ちついてくださいませ」

フェリシアは唸るように言いつのる男の額を何度もさすった。

「わたくしがおりますわ。フェリシアがあなたさまのおそばにおります。何も恐れられることはございません。わたくしがおそばにおりますのよ、ディモスさま」

ディモスはもがくように手をのばしてひんやりする女の身体に手を回した。そしてはげしく彼女の口を吸った。むさぼるような口づけの間に、フェリシアはうすく目を開いていた。その瞳の色はさえざえとして、性愛の中に乱れるような色は少しもなかった。ただ少しの悲傷と、諦めの色を宿して、遠い空の果てを見つめていたのである。

あとがき

　こんにちは、五代ゆうです。

　前巻から間が空いてしまいまして申しわけありません。できるかぎり続けて出したいところなのですがなかなか筆が進まず、今になってしまいました。待っていただいていたかたにはごめんなさい。

　しかし、前巻が出たときには考えられなかったくらい、たいへんな事態に世界がなってしまいましたね。新型コロナウイルス流行のために、日常がいっぺんにひっくり返ってしまいました。テレビをつけてもコロナコロナで、各種イベントもつぎつぎと中止や延期が決まり、暗い気持ちになりがちですがいかがお過ごしでしょうか。

　もともとおうち仕事の物書きですが、世間でもリモートワークやオンライン授業などが多くなり、家から出られない日々が続いていると思います。医療の最前線で働いているかたがた、また毎日の生活インフラを維持してくださっているかたがたに感謝しつつ、私も粛々とステイホームを続けております。講師を務めさせていただいている大学でもオンライン授業が始まったりして、慣れないことにあたふたしております。なにしろ今までパソコンなんて文字が書ければそれでいい、の人だったので、いきなりネット会議とか講義とか言われてもちんぷんかんぷんなんですね。

このあとがきを書いている時点でなんとか一回目の授業をおっかなびっくり済ましたところですが、機材が間に合わずに一回目はスマホから授業をしたので、二回目（実は明日）からがパソコンからの初授業になっておびえております。うまくいくのかな。

たまにコンビニやスーパーに出向けば飛沫防止のビニールシートがレジの前に立てられていたり、新聞に入るチラシの数がごっそりと減ったり、かと思うと近くのお料理屋さんやファミレスが軒並みテイクアウトやお弁当をはじめていたりで、なんとなく戦時下という言葉が頭をよぎります。実際、戦争なのかもしれません。先の見えない毎日ですが、その中で少しでも気晴らしの役を果たせたらと思います。

しかし美容院にも行けないのはけっこう不便ですね。私、ショートカットな上に髪質が硬くて太いので、伸びるとどんどんぼさぼさになってきて頭が倍くらいにふくらんだ感じになるんですが、それでも美容院に行けないので前髪だけ自分で鏡見て切りながら我慢しております。前髪は伸ばしていると目に入ってきてじゃまなのでどうしても、なんですが、緊急事態宣言が解除されれば美容院も開くようになるんでしょうか。いいかげんにこの爆発頭をどうにかしたいんですが。

グインの方はだんだん各国で水面下の動きが活発になってきました。どこで何が起こっているのか、把握しておくのがなかなかたいへんです。

トーラスがふたたび戦乱に巻き込まれる公算が強くなってきましたが、心配なのは〈煙とパイプ亭〉の一家ですよね。これまで、要所要所で庶民のくらしを味わわせてくれ、またオクタヴィアやマリウスにも実家のように接することによって物語を裏から支えてきたと言ってもいい一家が、またもや危険にさらされそうです。

それもこれもイシュトヴァーンが……と言ったら可哀想ですかね。でもまあ、彼もカメロンを亡くして傷心の上に、いままでブレーキになってくれていたカメロンがいなくなってしまったために、心をつかまれているナリスさまに煽られるとたちまち火がついてしまうのは仕方がないのかもしれません。彼自身の認識では自分はなにひとつ悪くないのに、どんどん周囲が自分を非難してきて、自分はそれに対応しているだけだ、という言い分なのでしょうが、なかなかそれでは理解は得られないよ……とひと言言ってあげたくなってしまいますね。

以前にも書いたかと思いますが私はイシュトヴァーンが好きで、できれば彼には不幸にはなって欲しくないのですが、その意に反してどんどん不幸になる方へ不幸になる方へなだれ落ちて行ってしまう彼にはもどかしさと同時に気の毒というか哀れさを感じます。可哀想に、イシュトヴァーン、とは思うのですが、以前の陽気な傭兵だった彼はもう遙かな昔のことになってしまって、今はゴーラの僭王として、血まみれの道を進んでいくしかないのでしょうか。

スーティの大冒険もようやくけりがつきました。私、ドリアン王子がどうしても生まれたときの印象が強すぎて、いまだに赤ちゃんのような気がしていたんですが、彼ももう二歳半なんですね。スーティよりいくつ下なんだったっけ、一歳だっけ、二歳は違わないと思うんですけど、そろそろ物心もついてくるころ、自分がどういう立場に立っているかも、わかるようになってくるでしょう。私はどうしてもドリアンが心配で可哀想で、なんとかしあわせになって欲しいと思っているのですが、この子もまた運命の子として、成長するに従いさまざまな宿命の渦に巻き込まれていくことかと思うと遠い目になります。とにかくしばらくの間だけでも、腹違いの兄であるスーティに守られておだやかなくらしを味わって欲しいと思います。

ぐらちーことグラチウスにはひどいことをしたなと思います（笑）。というか、琥珀が少し強すぎたかなあという気がしなくもないのですが、スーティの保護者としては文句を言いつつも充分働いてもらいました。いつかまた仕返しも考えているることでしょうが、手下のユリウスも今は近くにいなくて、ちょっとしょんぼりなぐらちーです。パリスとユリウスはどうするつもりでしょうかね。パリスはシルヴィアがクリスタル・パレス内にいるものと思っているようですが、はたしてそうかな？（笑）いずれにせよ今のパレスは結界で封じられていて入れませんから、彼らの努力は水の泡、というわけですが、いやいやそうでもないかも……？　パリスの愚直さとユリウスのいい加減さはなんだか変なデコボコンビになってしまったようで、妙なところで息が合っているようです。

シルヴィアは一時、自分自身を不幸にする癖から抜け出しているように見えますがどうでしょうね。彼女もある意味マリウスと同じく、王宮や帝室といったものに縛られれば縛られるほど不幸の一方へなだれ落ちて行ってしまうのですが、今のところはナリスさま（仮）の手もとにあって静かにしています。しかし、それもまた、長くなってくれば自由を求める気持ちが動き出しそうな気もしてきます。本当のシルヴィアは、多少わがままではあっても、自由に少女らしい夢を抱いている女の子であることは幾度も描かれてきましたが、そんな彼女が凄惨な運命に身を焼かれるのは痛々しいです。彼女にもまたなんらかの救いがあって欲しいのですが、売国妃という心ない名が投げつけられた彼女には、安住の地がこの先あるのでしょうか。

ヴァレリウスとアッシャもまたクリスタルに向かうことになりそうです。ヴァレリウスにとっては、「あの方」のいる場所として恐怖と愛情なかばする場所であることでしょう。いったんは風化しかけていた骨がらみにからんだ愛情と恩讐から自由にならなければ、この先、ヴァレリウスがヴァレリウスとしていられなくなるでしょう。アッシャを弟子とし、道具として扱うことに決めた彼の覚悟がためされることになります。一度はもはや余生であると人生を思いきりながらも、流されるままに宰相を務め、パロの再興に尽力してきた彼ですが、そのパロも、ふたたび大きな災厄に襲われています。その災厄を与えたのがもっとも愛する「彼」であるという事実に向き合ったとき、ヴァレリウスはどう反応すべきでしょうね。そして彼のそばに付いているはずのアッシャも。

パロへの野心を隠さなくなってきたボルゴ・ヴァレン王も、ドライドン騎士団を抱え込んでどうするつもりか——ドライドン騎士団の方はイシュトヴァーンがクリスタルにいると思っていますが、イシュトヴァーンの方はどうでしょうか。イシュトヴァーンを追いかけるといえばスカールもですが、スカールもそろそろスーティのほうが一段落してまた自分の道に帰ることになるのでしょうか。いずれにせよ、あちらからもこちらからも追われる身のイシュトヴァーンは本当に可哀想です——と、また、そんな話になりますが、しかしまあ恨まれても仕方のないことをしでかしているのも本当なので、気の毒ですが彼にはまた彼の道を進んでもらうしかないようです。傭兵時代の陽気でちょっと皮肉で傲岸不遜だったイシュトヴァーンのことを思うと胸が痛みますが。

そんなイシュトヴァーンといつか衝突するかもしれないグインは、今回はわりと静かです。というより、シルヴィアへの思いとケイロニアへの忠誠のバランスを取るのに困惑しているように見受けられます。オクタヴィアが帝位に就いてしまったいまでは、シルヴィアのケイロニア内での位置は変わってしまいました。ましてや民衆にとっては売国妃とののしられる存在となって、これまでのようにどうしても連れ戻さなければならない存在というわけでもなくなってしまいます。心配するとすればグラチウスがたくらんだように、どこかよその国におしたてられて帝位を要求する戦を起こされることですが、それを防止するためにシルヴィアの身柄を押さえておく、という考えもグインにとっては痛いものでしょう。昔から、ハゾスはじめ何人かの相手にシルヴィアとの仲について遠慮がちながらも忠告をはさまれてきたグインですが、それでも恋心とはママならぬもの。ヴァルーサという愛妾ができた今でも、シルヴィアへの特別な思いは消えることがありません。

でもそれが離別を告げた今でもはたして愛情なのかどうか、そもそもはじめから男女の愛情であったのかどうか、この世に裸で記憶もないまま「産み落とされた」グインのまだ目覚めていない魂にはむずかしい問題です。いかに無敵の強さを誇ろうと、グインにとっての急所はずっとシルヴィアのままなのでしょう。

紙数も尽きてきましたのでいつものようにお礼を。

監修の八巻さま、いつもありがとうございます。ぼんやりの私の手の届かないところまで細かく見て頂き、いつも感謝しております。これからもよろしくお願いいたします。

担当阿部さま、遅れに遅れる原稿をお待ちいただいてありがとうございます。きっと内心ははらわた煮えくりかえる思いをなさっていたと思いますすごめんなさい。今度はもう少し早く提出できるようにします。すみませんすみません。

表紙イラスト丹野忍さま、いつも美しいイラストをありがとうございます。毎回どんな絵があがってくるか考えるのが楽しみになっております。どうぞ今後ともよろしくお願いいたします。

それでは次巻、『トーラスの炎』にてお会いいたしましょう。

著者略歴　1970年生まれ，作家　著書『アバタールチューナーⅠ～Ⅴ』『〈骨牌使い〉の鏡』『翔けゆく風』『永訣の波濤』『流浪の皇女』『水晶宮の影』『雲雀とイリス』（以上早川書房刊）『はじまりの骨の物語』『ゴールドベルク変奏曲』など。

HM=Hayakawa Mystery
SF=Science Fiction
JA=Japanese Author
NV=Novel
NF=Nonfiction
FT=Fantasy

グイン・サーガ⑭⑦

闇中（あんちゅう）の星（ほし）

〈JA1439〉

二〇二〇年七月十日　印刷
二〇二〇年七月十五日　発行

（定価はカバーに表示してあります）

著者　五代（ごだい）ゆう
監修者　天狼（てんろう）プロダクション
発行者　早川浩
発行所　株式会社早川書房

郵便番号　一〇一 - 〇〇四六
東京都千代田区神田多町二ノ二
電話　〇三 - 三二五二 - 三一一一
振替　〇〇一六〇 - 三 - 四七七九九
https://www.hayakawa-online.co.jp

乱丁・落丁本は小社制作部宛お送り下さい。
送料小社負担にてお取りかえいたします。

印刷・株式会社亨有堂印刷所　製本・大口製本印刷株式会社

ISBN978-4-15-031439-2 C0193